ラストで君は「まさか！」と言う　傑作選

トパーズの誘惑

PHP研究所 編

PHP
文芸文庫

○本表紙デザイン＋ロゴ＝川上成夫

ラストで君は「まさか!」と言う　傑作選

トパーズの誘惑　目次

誕生石……8
時のはざま……18
完璧《かんぺき》な未来……25
スーパー赤い糸……33
ぼくのおとうと……40
校長先生の口癖《くちぐせ》……47
運のいい男……54
そっくりロボット……63
リセットチョコレート……68

自分探し……77
放課後の理科室……81
心霊《しんれい》スポット……89
ラジオ体操《たいそう》……95
望みの果て……100
夢《ゆめ》の中……109
入れ替わりジュース……115
二回目の中学生……122
熱血教師……131

蝋《ろう》人形《にんぎょう》の館 …… 139
恋と毒草とお弁当 …… 145
駅で待つ男の子 …… 153
ふたりの王女 …… 161
イカサマ整体師 …… 165
ぼくとわたしの一生 …… 173
こんな人間にもなるな …… 178
未来日記 …… 183
求婚者への宿題 …… 187

洋食屋の客……192
数学・実践問題……201
新天地……207
予知夢……209
ニセモノの絵……217
守護霊《しゅごれい》レンタルサービス……224
悪魔《あくま》？　それとも……230
ゴン太とおじいさん……239
さすらうページ……248

●執筆担当

桐谷 直（p.25〜32、40〜46、63〜67、81〜88、115〜121、131〜138、209〜216、224〜229）

ささき かつお（p.47〜53、77〜80、95〜99、153〜160、183〜186、192〜200、239〜247）

染谷果子（p.8〜17、33〜39、173〜177、201〜206、230〜238、248〜251）

たかはし みか（p.54〜62、89〜94、109〜114、122〜130、139〜144、165〜172、217〜223）

萩原 弓佳（p.18〜24、68〜76、100〜108、145〜152、161〜164、178〜182、187〜191、207〜208）

誕生石

レンはパン職人だ。厳しい修業を経て、昨年、夢だった自分のパン屋をオープンした。その店にお客としてよく来てくれたのが、リリィだった。

見とれてしまうほど美しい女性だった。でも少しもおごったところがなく、

「いつもおいしいパンをありがとう」

そう微笑んで、パンを買ってくれた。

「あなたのパンが大好き。あなたのパンは食べた人を幸せにする」

そんなふうにも言ってくれた。

レンは勇気をかき集め、デートに誘った。

「明後日、パン屋が休みなので、よかったら川べりで一緒にサンドイッチを食べませんか。腕によりをかけて、特製サンドイッチを作ります」

リリィはうなずいてくれた。

パン屋の休日は週に一度だ。その日、ふたりで川べりを散歩し、土手のベンチに並んで座って、レンが心を込めて作ったサンドイッチを食べた。

リリィは、

「おいしい……」

と、涙ぐんだ。そして、身の上話をしてくれた。

お金持ちの家の一人娘として生まれ育ったけれど、母を早くに亡《な》くし、父は会社の社長で忙《いそが》しくてほとんど家にいなかったこと。お手伝いさんがいたから不自由はしなかったし、父が自分を愛してくれていることも理解していたけれど、さみしかったこと。その父も病気で亡くなり、会社も屋敷も人手に渡ったこと。今はディスプレイデザイナーとしてデパートなどの売り場を飾る仕事をしていることとなんかを。リリィの父が社長だったという会社の名前は、お金持ちとは縁のないレンでさえ知っていた。

精一杯腕をふるったはずのサンドイッチが、はずかしくなった。

「ごめん、デートにサンドイッチなんかで」

高級レストランの予約をとるべきだった。

リリィは強く首を横に振った。

「今まで食べたどんなごちそうより、おいしかった！　本当よ」

レンの胸は熱くなった。

以来、休日はいつも一緒にすごした。

今日は七回目のデートだ。レンは、今日、プロポーズしようと決めている。

実は指輪を差し出してプロポーズするつもりで、先週、パン屋を閉めてから宝石店へ行った。高価なものは買えないけれど、少しは貯金もあった。

宝石店に入ったのは初めてだった。そこで、宝石に誕生石があることを聞いた。リリィの誕生日も指のサイズも知らないことに、気づいた。でも店員はバカにすることなく「ぜひ、お相手の方と一緒にいらしてください、お待ちしております」と、言ってくれた。

だから今日は、川べりではなく街を散歩してみようと提案して、宝石店に向かっている。店に入って、「婚約指輪をプレゼントさせてください」とリリィに言うつもりだ。それとも、店の前でそう言ったほうがいいだろうか。

ドキドキしながら店の前まで来た時、「あ」と、リリィが小さな声を発して足を止めた。レンはドキリとして、リリィの横顔を見る。

リリィは目を見開き、宝石店のショーウィンドウを見つめていた。その視線の先には、秋の日の光を凝縮したような宝石があった。オレンジがかった黄色の光だ。

リリィが泣きそうな顔でつぶやく。

「そっくりだわ。わたしが持っていたトパーズと……わたしが生まれた時に、まだ赤ん坊だというのに、パパがプレゼントしてくれたの。誕生石は、大切にすれば守護石になってくれるからって。大切にしたわ。でもパパの病気の治療費が必要になって、売ってしまって……」

あとは、唇《くちびる》をかんで、ただその宝石を見つめている。

レンは、このトパーズを婚約指輪にしようと決めた。リリィにふさわしい宝石だ。けれど、ショーウィンドウをのぞき込み、そこに書かれた値段に目を疑った。レンの貯金と桁がちがう。借金をしてでも買いたい。でもこんな大金を貸してくれるあてがない。どうにかしたい。リリィのために。何かよい方法はないものだろうか……。

レンが考え込んでいたら、リリィがふいとショーウィンドウの前を離れた。レンと反対側を向いて目元をぬぐい、ことさら明るい声で言った。

「ごめんなさい。こんなところで感傷的になってしまって。もう昔のことなのに。あ、ほら、あそこにパン屋さんがあるわ。のぞいてみましょうよ」

リリィが先に立って歩いていく。

レンはその後を追いながら、自分が情けなかった。

結局、その日はプロポーズできなかった。リリィにふさわしい婚約指輪を買えない男が、プロポーズなんてできるはずもない。

その夜更け、レンはひとりで、また宝石店の前に来た。

店は閉まり、格子状のシャッターが下りている。そのすきまから、ショーウィンドウのトパーズを見る。そばのカードに「『トパーズ』とは『炎』の意味」とある。

なるほど、昼間は内に光を閉じ込めているように見えたが、夜に見ると中心に黄色い炎が存在しているようだ。

見れば見るほど、リリィにふさわしい。婚約指輪はこれでなくてはだめだ。

そう思うけれど、その前にある数字もいやおうなしに目に入る。何度見ても、手の出ない価格だ。レンはため息をついた。

その時。トパーズの内の炎が揺《ゆ》れ、声が聞こえてきた。

（ワタシはトパーズの精霊《せいれい》。ワタシと賭《か》けをしない？　あなたが勝てばリリィの指輪となるわ。ワタシが勝ったなら、あなたの命はワタシのもの）

石と石を打ち鳴らすような硬《かた》く冷たい声。なのに、うっとり聞きほれてしまう声だ。

幻聴《げんちょう》だろうか。だとしても、レンは今、幻聴にだってすがりたい。

「どんな賭けを？」

（あなたがまだ知らないリリィの姿に、あなたが失望するか、否か）

「ぼくがリリィに失望するなんてありえない」

この賭けは勝ちだと、レンは確信した。彼女ほどすばらしい女性はいない。姿形やしぐさが美しいだけではなく、何より心の美しい人だ。高級レストランの味を知っているだろうに、レンのサンドイッチのほうがおいしいと言ってくれた。サンドイッチに込めたレンの想いを感じ取れる人なんだ。

トパーズの中心で黄色い炎がチロチロと揺らめく。

（賭ける？　あなたはリリィを信じて命を賭けられる？）

「もちろんだ」

黄色い炎が大きく揺れた。

（賭けは成立。明日から六日間、リリィをこっそり見張るがいい。その間、あなたが一度もリリィに失望せず、傷つけられることもなかったなら、あなたの勝ち）

「リリィをこっそり見張るって、どうやって？　後をつけてまわるのかい？　ぼくはパン屋だ。パンを焼いて店を開ける。リリィをずっと見ているなんて無理だ」

(リリィに贈る婚約指輪を手に入れたいのでしょう? 命を賭けられると言いながら、店を休むこともできないの? 店のほうが大切なのね)

「……そんなことはない。リリィを笑顔にするためなら、何だってできる。でも、店を六日間も休んだら、パンを買いに来てくれた客ががっかりして、もう来てくれなくなるかもしれない。リリィと結婚するためにも、パン屋をつぶすわけにはいかないんだ」

(なら、明日一日でかたがつくよう祈ってあげる)

パチッ。トパーズからレンに向かって、火の粉が飛んだ。

熱っ。レンは思わず手のひらで防いでいた。

我に返ってあたりを見まわせば、静かな夜の商店街、宝石店の前だ。宝石店には格子状のシャッターが下りている。レンは今まで、格子のすきまに顔を押しつけるようにして、ショーウィンドウのトパーズと話していた。

いや、トパーズと話すなんて、ありえない。

でも、火の粉が当たった手のひらが痛い。見れば手のひらの真ん中がオレンジ色になっている。と見る間に、ふくれてきた。目の前のトパーズと同じ色、同じ大きさの水ぶくれになる。

トパーズとの賭けが幻聴でも幻覚《げんかく》でもない、ということの証《あかし》か。

「トパーズ？」

呼んでみても返事はなかった。

その夜は家に帰っても眠れなかった。眠れないまま夜明けになって、レンはパン屋を臨時休業することにした。手のひらに水ぶくれができていてはパン生地をこねることもできない。と自分に言いわけして。

そしていつもならパンを焼いている時間に、家を出た。

トパーズとの賭けに勝って、リリィに贈る婚約指輪を手に入れるために。

リリィの住まいは何度か送って行ったから知っている。リリィの住むアパートメントの入り口を見張れる場所に立った。

数時間後、一台の車がアパートメントの前にとまって軽くクラクションを鳴らし、中から男が降りてきた。仕立てのよさそうなスーツを着ている。男がぱあっと笑顔になる。その視線の先を追って、レンは息が止まりそうになった。いつもよりずっと華やかに装ったリリィが、男の笑顔に微笑みを返しながら、男に近づいていく。

リリィのよく通る声が聞こえた。

「今日は歩きたい気分なの」

レンは腕を組んで歩くふたりの後を、フラフラとついて行った。

気がつけば、あの宝石店のある通りを歩いていた。リリィと男が、並んでショーウィンドウをのぞき込んでいる。男がリリィの肩を抱《だ》いて何かささやいている。

リリィの、弾んだ声が聞こえてきた。

「婚約指輪は誕生石がいいわ。トパーズよ」

レンは膝から崩れ落ちる。頭の中にトパーズの声が聞こえた。

(ワタシの勝ちね)

レンの胸に冷たい穴が開いた。穴が広がり、レンが消えていく……。

リリィは、閉店後の宝石店に入る。ここも仕事場のひとつだ。ショーウィンドウの飾りつけを任されている。

父から贈られたトパーズは、ここのオーナーに売った。けれど法律上の所有者がだれかなんて、リリィとトパーズには関係ない。リリィとトパーズの特別な絆は、だれが所有者になろうと、まったく変わらない。

リリィはショーウィンドウのトパーズを手に取り、ささやいた。

「ああ、トパーズ。一層、美しくなったわ。レンの命を吸い込んだのね」

（ええ。ピュアな悲しみに満たされていて、特上の養分になったわ。いつもながら恋心をうまく育てるものね）

「ふふ。嘘をつかないことがポイントよ。わたしは何ひとつ、レンに嘘をついていないもの。身の上話も本当のことだし、レンのサンドイッチを最高においしいと思ったのも本当よ」

（レンのパンをもう食べられないわね。残念？）

「少しね。でも、多少の犠牲はしかたないわ」

（次も、お願いね）

「ええ、次の人もたぶんもうすぐよ。あなたはわたしの宝物。あなたを美しくするのが、わたしの生きがいよ」

（ありがとう、リリィ。さあ、おすそわけを受け取って）

トパーズが光を放つ。

光を受けたリリィも輝く。

そして、ぞくりとするほどの美しさで微笑んだ。

「こちらこそ、いつもありがとう」

時のはざま

リサは、カラスに襲《おそ》われている悪魔《あくま》を助けた。

高校への通学途中、ごみ置き場でカラスが騒《さわ》いでいる。見ると、小さな黒いモノが動いている。リサはてっきり子犬か子猫かと思い、カバンを振りまわしながらごみ置き場へ突進し、カラスを追い払った。

その小さな黒いモノは子犬でも子猫でもなく、二本足で立つ黒いタヌキのようで、しかし、はっきりとした日本語で「礼を言う。オレは悪魔だ」と言ったのだ。

「動くタヌキのおもちゃ?」

バシバシッ!!

そう言った途端、あたりに稲光のようなものが走った。

見ると黒いタヌキ(自称・悪魔)の持っている杖から煙《けむり》が出ている。

「おもちゃではない。オレは本物の悪魔だ。カラスに杖を奪われ本来の力を失《な》くしてしまった。でも杖を取り戻したからもう大丈夫」

「あ、そうですか、よかったです。それじゃ……」

リサは、おもちゃのようなものと話しているところを動画に撮られて、学校で広められでもしたら嫌なので、早々に立ち去ることにした。

「待て。オレも魔界《まかい》の一員だ、人間に借りを作ったままでは帰れない。何か望みを叶えてやろう」

「いや、いいですよ、別に。学校遅《おく》れるんで……。小テストの勉強もしてないし」

「わかった、時間をやろう」

悪魔はフワッと空中から、黒い半円状の細い輪を出した。輪の中央に赤い宝石のようなものがついている。

「カチューシャ？」

「首につけるチョーカーだ」

そう言うと悪魔はそれをリサの首めがけて投げた。

チョーカーはスッとリサの首に収まる。

「時間を止めることができる魔界の逸品《いっぴん》だ。中央のルビーを押せば、まわりの時間が止まり、お前だけが動ける。再び押すと、元に戻る。やってみろ」

リサはチョーカーを右手で探《さぐ》って、真ん中のルビーを押した。

止まった。行きかう車も、駅へ向かうサラリーマンも、ごみを出しにきたおばあさんも、みんなピタッと動かない。

何の音もしない。

「すごい……止まってる」

「ようやく信じたか。どうだ、欲しいか？」

「うん、あ、はい！　欲しいです」

「では、この止まった時の中で存分にテスト勉強をするといい。ただし、ふたつ注意事項がある。ひとつ、場所の移動には使えない。時を止めている間、どれだけ遠くへ行っても、ルビーを押せば、元いた場所に戻る。ふたつ、何といっても魔界の品だ、悪運を引き寄せることがある。使いすぎには気をつけろ。では、これで借りは返したぞ」

悪魔は、リサの目の前から消えた。

リサはためしに、時間を止めて三歩後ろに下がってから、再びルビーを押した。

時間が動き出すと、リサの身体は三歩前に戻っていた。

（ほんとだ。これじゃ遅刻には使えないや）

リサは学校まで走った。教室に入ってもだれもリサのチョーカーには気づかない。見えないようだ。自分の席に着くと、もう一度ルビーを押してみた。

さっきまで騒がしかった教室が、シンと静まり返る。

だれもぴくりとも動かない。近づいて確認する。呼吸も止まっているようだ。

時間を動かしてみた。一気に騒々《そうぞう》しくなる。

リサは、もうテスト勉強などする気にはなれない。あっちに行ったりこっちを見たり、時間を止めたり動かしたりして遊んでいるうちに、少しずつ時間は進み、英語のテストが始まった。

当然、テスト中に時間を止めて、堂々と教科書を広げ、答えを見る。

「こうやってテスト中に答えが見られるなら、もう勉強しなくてもいいじゃない！」

リサは勉強をしなくなっただけでなく、大好きな本やマンガを買わなくなった。時間を止めれば、何時間でも書店で立ち読み、座り読みができるのだ。しかも、どれだけ読み散らかしても、時間を再スタートさせれば、みな、一瞬で元の位置に戻る。

むしゃくしゃした時には、時間を止めて街のごみ箱を倒したり、お店の商品を道にまき散らしたりした。時間を動かせばすべて元通りだ、罪悪感もない。

ただひとつ難《なん》を挙げるとすれば、この「位置が変わらない」特性のせいで、大嫌いな体育には使えない、ということだ。走る距離《きょり》をごまかすこともできず、ボールもうまくキャッチできない。腕立て伏せも腹筋もやるべき回数は減らせない。

「万能《ばんのう》の力、とはいかないのね。でもまあいいわ。十分楽しんでるし」

リサは時々、「悪運を引き寄せる、使いすぎに気をつけろ」という言葉を思い出したが、そもそもどれくらいが使いすぎかわからないうえに、目立って嫌なことも起こらないので、そのうち忘れてしまった。

「リサ！　危ない！」

半年ほどたった下校途中、建設中のビルの前に差しかかったとき、後ろから友だちの声がした。

リサはとっさにチョーカーのルビーを押す。

時間を止めて見ると、建設中のビルからリサへ向かって、大きな鉄骨が何本も倒れてきている。

「危なかった！　よく気づいてくれたな」

振り返って、止まったままの友だちに近寄ろうとした時、友だちが気づいたのはそれだけでないことを知った。

後ろに下がると、リサの頭上に草花の植わったプランターが落下してきているのだ。見るからに土がたっぷり入っていて重そうだ。

建設中のビルの隣《となり》は、住民の住んでいる古いマンションで、見上げると三階のベランダからおばさんが、「しまった！」という顔で下を見ている。

「前は鉄骨、後ろはプランターか、すると横に逃げるしかないな」

ところが右後ろには、前カゴから傘を突き出した自転車が二台並んで迫ってきている。右に飛びのいたら、即刺《そくさ》さる。左には、車がビュンビュン行きかっている大きな道がある。

「どこによけても、時間を動かした瞬間に死にそう。これが悪魔の悪運か……」

リサは悩んだ。静寂《せいじゃく》も続けば怖くなる。けれど、潔く死ぬ気にもなれない。

止まった時間の中で、長らく考えて結論を出した。

ストップウォッチの早押しゲームのように、チョーカーのルビーをパチパチ押し、時間を一瞬ずつ進める。現実世界をストップモーション風に動かしながら、その都度、安全な体勢を確保する、というものだ。

パチパチ。パチパチ。パチグシッ……。

「うわっ、ルビー取れるっ！　魔界の逸品、耐久性ない！」

数回の連打でルビーがズレた。これ以上連打すると、壊れるかもしれない。

「どうしよう……。よけい状況が悪くなったよ」

パチパチ時間を進めたせいで、鉄骨とプランターと傘は、さっきよりリサに近づいている。

こうなったら、時間を動かした瞬間、身体をひねりつつ右斜《なな》め後ろに下がり、傘の切《き》っ先《さき》をかわしつつ、自転車を押《お》し倒《たお》してでも、プランターから逃《のが》れるしかない。

「できるのかな？」

練習するが、背筋が弱く身体が反らない。すぐに倒れてしまう。

「こうなったら、身体をきたえるしかないか。ま、時間は存分にあるんだし」

リサは、時のはざまでひとり、大嫌いな筋トレを始めた。

完璧《かんぺき》な未来

夜の十時。

黒崎圭《くろさきけい》が会社でノロノロと業務日誌を書いていると、突然、すべての照明が消えた。真っ暗なフロアの中に浮き上がるのは、目の前にあるパソコンのディスプレイだけ。

「なんだよ。俺がまだ残ってるのに」

だれかが退社する時、圭がいることに気づかず電源を切ったのだろう。嫌味な上司がわざと消したのかもしれない。圭は卓上《たくじょう》のカレンダーを見て、思わず顔をしかめた。

「一月十九日か。最悪の日だ。あーあ。人生、やり直してーなー」

ため息をついて椅子に寄り掛《か》かると、硬い背もたれがきしむ。

圭は常に不満を抱《かか》えていた。会社だけではなく、人生の何もかもが不満だった。

「仕事はキツいし、給料は安い。アパートはボロ。貯金も友だちもカノジョもナシ。何ひとついいことがない。中三のころの俺には想像もできなかった、負け組人生だ」

パソコンの明かりを頼りに、机の引き出しに入った往復ハガキを取り出す。

【二〇一八年度　東山《ひがしやま》中学校　三年一組クラス会のご案内】

返信すらしなかった、クラス会の案内だった。今のみじめな自分を、かつてのクラスメイトに見られたくなかったのだ。ハガキに記された連名の幹事は、杉山孝《すぎやまたかし》と上原美由《うえはらみゆ》。

美由は色白で笑顔のかわいい美少女だった。学校中の男子が美由の姿を目で追ったものだ。その美由に好きだと告白されたのが圭だった。

十年前。十五歳の圭は、充実した学校生活を送っていた。成績は上位だったし、スポーツも得意で、陸上部の部長だった。短距離走の大会記録も持つほど足が速かったから、体育祭のリレーでは毎年アンカー。学校中の声援の中、胸を張ってゴールテープを切った。教師には信頼され、生徒会の役員も難《なん》なくこなした。学校推薦で名門校へ進み、その先には自分にふさわしい人生が待っていると信じていた。中学三年のあの日までは。

「本当に俺は、なんてバカだったんだろう」

圭は自分の浅はかさを呪った。何もかも、台なしにしてしまったのは自分なのだ。

圭の思い出の中には、今もセーラー服を着て笑っている美由の姿がある。

「二十五歳か。どうしているかな」

ふと思いつき、圭はパソコンでSNSのサイトを開いた。自分が撮った写真やかんたんな日記を投稿してインターネットで公開する、世界中で人気のSNSだ。圭がこのサイトに登録したのは、十年前。ここに充実した人生を記録していくはずだった。だが、結局、一度も投稿はしていない。登録した翌日に、圭の人生が急変したからだ。

だが、美由の今をこっそり見るには好都合かもしれない。

「上原美由。東山中学校出身……」

クラス会の案内状にあった電話番号をもとに検索すると、美由のページはすぐに見つかった。トップページには、大人になった、美しい美由の写真がある。

あのころと変わらない笑顔。だが、今の圭にはもう手が届かない相手なのだ。

美由が投稿した記事のほとんどは、彼女の友人だけしか見ることができないように設定されていた。鍵《かぎ》のかかったページを圭がのぞくことは、もちろんできない。

美由がSNSで交流している友だちの一覧に、クラス会の幹事をしていた杉山の名があった。気になって彼のページを開いた途端、圭は、殴《なぐ》られたようなショックを受けた。

「これが、あの杉山？」

杉山孝。中学のころ、だれにも見向きもされなかった、真面目《まじめ》だけが取り柄《とえ》のつまらない男。だが、杉山が投稿した写真や日記は、圭が夢に描いていた人生そのものだった。

有名大学を卒業し、一流企業で生き生きと働いている杉山。多くの友だちに囲まれ、笑顔ですごす充実した日々。彼の隣《となり》には優しい笑顔の美由が寄りそっていた。

「美由は杉山とつき合っているのか」

圭の胸は、妬《ねた》ましさで焼けつくようだった。中学を卒業してから十年たった今、杉山は、圭が歩むはずだった人生を乗っ取ったかのように幸せに暮らしている。

圭は、悔しさにギリギリと歯ぎしりした。

「あの時、まちがいを犯《おか》さなければ……」

十年間、圭は自分の人生を大きく変えてしまった判断を、ずっと後悔し続けていた。あの時の自分に忠告してやりたい。なんとしてでも、今の自分の声を届けたい。不可能だとわかっていても、あきらめることができない。圭は、自分のＳＮＳページを開き、十年前の日付を入力した。

『二〇〇八年一月十九日・二十二時』

あの夜。十五歳の圭はパソコンに向かい、このサイトに会員登録をして時間をつぶしていた。気持ちが落ち着かず、勉強が手につかなかったからだ。

過去の自分に向け、圭はメッセージを打ち込み始めた。

『黒崎圭。俺は二十五歳のお前だ。これからお前に重大な忠告をする。お前は明日、ある大きな過ち《あやま》を犯し、その後の人生を台なしにするんだ』

自分がどれほどバカげたことをしているか、わかっている。だが、どうしても書かずにはいられなかったのだ。熱に浮かされたように、キーボードを叩《たた》く。

『お前は成績もよく、スポーツも得意な人気者だった。上原美由に好きだと告白され、つき合い始めた。自分は勝ち組だと、調子に乗っていただろう？　他校の不良とつき合い始めたのも、カッコいい自分に酔《よ》っていたからだ。そのうち、お前は真面目に勉強しなくなった。急激に成績が落ち、あてにしていた名門高校への学校推薦があやしくなった。一月二十日に校内で行われる認定試験の結果が悪ければ、推薦枠から外されてしまう。他生徒ががんばっている中、一般受験で合格できる確証はない。お前はあせった』

圭の脳裏に、教官室にいる中学三年生の自分の姿がよぎる。偶然、教師が保管していた試験問題を見つけ、それを悪用する誘惑に逆らえなかった自分。

『お前が作ったカンニングペーパーは、今、制服の右袖《そで》に隠されている。それが明日の試験中、監督の教師に見つかるんだ。お前は推薦資格を失うばかりか、すべてを失う。親を泣かせ、友だちの信頼を失い、美由を失う。その後は何をやってもうまくいかない。大人になってみじめな仕事をしながら、思い通りにならない人生に絶望するんだ。そうなりたくなかったら……お前が望む未来を手に入れたければ、俺の忠告を聞け――』

それから圭は、いちばん重要な最後の一文を打ち込み、投稿ボタンを押した。

すると、次の瞬間。暗闇に包まれていたフロアがパッと明るくなった。

まぶしさに目を瞬《まばた》きしながらあたりを見渡した圭が、「あっ」と声をあげる。

すべてが一変していた。

圭は、豪華で洗練されたオフィスの中にいた。上質なスーツを身に着けた圭が座るのは高い背もたれのある黒革《くろかわ》の椅子《いす》。その位置は、まちがいなく、会社のトップのものだ。

磨《みが》かれた広い机にのっているパソコンに、今日の日付が表示されている。

『二〇一八年一月十九日・二十二時』

ディスプレイには、圭のSNSページが映し出されていた。仕事も私生活も充実し、自信に満ち溢《あふ》れた圭の写真。都心のタワーマンションに住み、高級車を乗りまわす圭。そして、傍らには美しい美由がいる。

「やったぞ！　未来が変わった！　過去の俺がメッセージを読んだんだ」

成功に酔いしれ、圭はクスクスと笑い始めた。こんなにうまくいくとは。

あの日の自分に送った最後の一文はこうだ。

『――いいか？　カンニングペーパーは左袖に隠せ』

カンニングが成功したおかげで、みじめな人生を歩まずに済んだのだ。それどころか、想像をはるかに超えたすばらしい人生を手に入れた。十五歳のあの日、俺は新しい未来をスタートさせたんだ……！

椅子から立ち上がり、高層階のオフィスビルの窓から、王のように夜の街を見下ろす。

「完璧な未来だ！」

満足して高笑いしたその時、オフィスのドアが乱暴に押し開かれた。鋭い目つきの男たちが何人もフロアに踏み込んできて、圭を取り押さえる。

「待てよ。お前たちはだれだ？　ここは俺の会社だぞ！」

するると、男のひとりが警察手帳を見せ、圭を冷たくにらんで言った。

「お前のものじゃない。お前が持っているものはすべて、嘘《うそ》とまやかしで他人から強引にだまし取ったものだ。黒崎圭、お前を詐欺《さぎ》及び巨額の横領《おうりょう》の罪で逮捕する」

スーパー赤い糸

あたしの名前は美希《みき》。十八歳。告白されたり、ラブレターをもらったりした回数は、数えきれない。いい感じになったことも何度もある。なのに、カレシいない歴十八年。

中学生の時は、いいところで相手が転校してそれっきり。高校で意気投合したクラスメイトは、あたしの姉に出会った瞬間たがいにビビッときたとかで、今もラブラブ。

大学生になって、サークルのすてきな先輩に告白されて喜んだのはつい先週。翌日に彼のペットがヘビだと知った。あたしかヘビかどっちか選んで、って言ったら、美希が大好きだけれど赤い糸の相手じゃなかったって、彼は泣いて去っていった。

どうしてうまくいかないんだろう。愚痴《ぐち》るあたしに、おばあちゃんが教えてくれた。そういう時は、地元の縁結《えんむす》びの神さまが頼りになるよって。

それで、夏草のしげった階段をのぼり、この小さな神社に来たってわけ。年に一度のお祭り以外は無人、今も人の姿はなく、セミの声ばかりが響く。あたしは、用意してきた五円玉を賽銭箱《さいせんばこ》に入れ、二礼し、かしわ手を二回打った。おばあちゃんに教わった作法だ。手を合わせ、声に出して訴《うった》えた。

「縁結びの神さま、あたし、けっこうかわいいし、性格もいいと思うんです。なのにカレシがいないのって、おかしくないですか。あたしの赤い糸はどうなっているんでしょう。どっかで、もつれてません? まさか切れてるってことはないですよね」

地元の神さまだもん、この地で生まれ育ったあたしの声なら届くはず。

「早く、赤い糸の相手に会わせてください」

頭を下げた。そしたら、返事があった。

「ごめーん、忘れてた」

賽銭箱の向こう、本堂の扉が開いて、光の玉が浮かんでいる。と、思ったら、玉は、あぐらを組んだ男の姿に変わった。

「われこそは、この地の縁結び神。ほんとーに、ごめん。千年に一度のレアミス。きみの小指に赤い糸を結ぶの、忘れたみたいだわ」

ふくよかな顔で、首をすくめている。宙《ちゅう》に浮いているし、影もできていない。ほんとうに神さまなのね。でもって、忘れた？

あたしは自分の小指を見た。赤い糸、忘れられちゃったんだ……。

「あ、泣かないで、えーと、美希ちゃん？　ちゃんとフォローするから」

こぼれた涙をはらって、顔を上げる。

神さまは目を細め、口をすぼめた。その口からひとすじの赤い光が吹き出され、あたしのほうへ漂《ただよ》ってくる。あたしは両手を差し出した。

「こういう時のために、『スーパー赤い糸』があるのだよ」

手のひらに、赤く光る糸がのる。糸の片端《かたはし》が、左手の小指に巻きついた。

「その糸を、美希ちゃんの望む相手につないであげよう。だれがいい？」

突然そう言われても、だれの顔も浮かばない。

「サークルの先輩は？　ヘビ嫌いにしてあげるよ」

「あの人はもういい。そこまで好きだったわけじゃないし」

「じゃ、姉さんの恋人？　もともと、きみが先に知り合ったわけだしね」

ふくよかな顔でにこにこと提案してくるけれど、それって姉から奪《うば》うってことじゃん。あたしは首を横に振る。彼は姉の恋人、あたしの友人。それでいい。

「ふうん。じゃあ……」

神さまは、首をかしげてあたしを見つめ、ポンと膝《ひざ》をうつ。

「今、通っている歯医者、好みでしょ。うん、あれはいいやつ、オススメだわ」

は？　たしかに目と声はいいなと思う。だけどありえない。

「歯医者さん、結婚してるよ。子どももいる」

「ちゃんと離婚させるよ。問題なし」

神さまはにこやかな顔のまま、さらっと、のたまう。

「うわ、やめてよ」

「どうして？　それが、スーパー赤い糸の特権だよ。別れた奥さんと子どものアフターケアもこっちでするから、心配いらない」

「ヤダ。相手は独身《どくしん》に限る。あと、年の差も五歳上くらいまで」

「ふうん。ほかに条件は？　ぜんぶ、叶えちゃうよ」

さすが神さま、見た目通りの太《ふと》っ腹《ぱら》。ならば、

「きりっと涼《すず》しげなイケメン、優しくて、勇気もあって、誠実。動物好き。あ、でも爬虫類《はちゅうるい》をペットにしない人。でもって、頭がよくて、スポーツマン。あとは、夢を持っていて、将来有望」

一気に言ってから欲張りすぎたかなって、ちょっと反省する。

「わかった。任せなさい」

「いいの？」

「スーパー赤い糸は、縁結びの腕の見せどころ。張り切っちゃう。幸せを約束するよ」

翌日。早朝に神さまに起こされ、言われるままに公園へ行き、カラスの集団に襲《おそ》われている若い男性を助けた。といっても、あたしが駆《か》け寄っただけで、カラスはいっせいに飛び去ったんだけど。

子猫を助けようとして自分が襲われた、って苦笑いする彼に、あたしはひとめぼれした。彼はダンサーで、ミュージカルで初めて大役をもらったところ。カラスに顔をつつかれでもしたら舞台に立てなかったって、すごく感謝された。ミュージカルの招待券をもらい、夕食に誘われた。お礼にごちそうしたいって。カノジョも一緒に。

その深夜、神さまが部屋に現れた。

「どう？　彼、気に入った？」

「最高。だけどカノジョがいる。彼の赤い糸の相手だよね」

「スーパー赤い糸のほうが強いよ。美希ちゃんの小指を彼の小指に絡《から》めるだけでいい。そしたら元の糸はほどけて、今の恋人とはきっぱり切れるから」

「カノジョはどうなるの？」

「アフターケアは万全」

うん、この神さまなら、ちゃんとしてくれるだろう。今現在、レアミスのアフターケアを受けている身だから、よくわかる。

「彼が、美希ちゃんの理想の男性だよね」

あたしはうなずいた。

「そうと決まれば善《ぜん》は急げ。さっそく、彼の部屋へ行っちゃおう」

神さまに包まれたと思ったら、移動していた。

彼がベッドで寝ている。布団《ふとん》の上に腕《うで》を投げ出して。

「ほら、チャンス。小指、絡めて」

そっと近づく。あたしの小指と彼の小指の先が触《ふ》れ合った。そしたら、彼の小指の赤い糸が見えた。震《ふる》えている。彼とカノジョがともにすごしてきた時間も、見えた。初々《ういうい》しい出会いから気持ちが通い合うまでの日々、すれちがい、仲直り、ふたりで育んだ将来への夢……そういうものが大きな波となってあたしを襲った。

「美希ちゃん、こういうのはためらっちゃだめ。ほら、思い切って」

だって、小指が動かない。

「しょうがないなぁ。手伝ってあげるよ」

あたしの手に神さまの手がそえられる。ぷっくりかわいい指……。

「み、美希ちゃん？」

神さまの裏返った声を聞いて、われに返った。

「あっ」

自分でもおどろいた。

あたしは自分の小指を——スーパー赤い糸の小指を——神さまの小指に巻きつけていたの。

そんなわけで、太っ腹で熱い心《ハート》を持つ縁結びの神の、パートナーになったあたし。みんなの赤い糸が見える。時々、神さまを手伝ったりもしていて、もつれた糸をほぐすのが得意。

あなたの赤い糸はどうなっているのかって？　うん、それなんだけれど……。

ぼくのおとうと

弟のリクが生まれたのは、僕が三歳の夏だった。僕は小さくて、うちに新しい家族が増えるなんてことは考えもしなかった。だから、お母さんが生まれたばかりのリクを病院から連れて帰ってきた時、僕はちょっと……ううん、すごくびっくりしたんだ。

「この子の名前はリクっていうの。仲よくしてね、ソラ」

「うん。いいよ。僕の弟なんでしょ？」

僕はお母さんの腕に抱《だ》かれた小さな弟をのぞき込んでそう答えた。

リクはちっちゃくて弱々しくて、目を離《はな》したらすぐに死んじゃいそうに見えた。そのくせ、目も鼻も口も、小さい手の指の先までぜんぶ、ちゃんと人間の形をしているんだ。

「甘いミルクのにおいがするね」

僕は、リクの柔《やわ》らかそうなほっぺに触ってみた。どんな感じかなって思ったんだ。

そうしたら、お母さんは「ダメよ、ソラ」と言い、リクを抱いたまま立ち上がった。

「僕、リクと遊びたいんだもん」

「まだ赤ちゃんだからすぐには遊べないの。もう少し大きくなったらね」

お母さんはそう言って、リクを柵《さく》のある小さなベッドに寝かせた。

リクはびっくりするくらい大きな声で泣く。手足をモゾモゾと動かしたり、柔らかい体をねじって顔を赤くしたり。たったそれだけのことなのに、お母さんはいつまでも飽《あ》きずに眺《なが》めている。そっとなでたり、優しい声であやしたりするんだ。

リクが生まれるまでは、いつも僕のことを見ていてくれてたのに。

僕はしょんぼりして椅子《いす》に上がり、柔らかいクッションに顔をうずめた。

「やきもちを焼いてるんだろう、ソラ？」

会社から帰って来たお父さんがからかうように言った。胸がチクチクする。

「そんなふうに言っちゃダメよ」

お母さんがそう言って立ち上がり、僕を抱き上げてくれた。

「心配しないでね。私もお父さんも、あなたが大好きよ」

優しいお母さんの腕の中で、僕はなんだか泣きそうになった。

リクが生まれて三回目の夏。僕は六歳になっていた。

涼《すず》しい高原へ遊びに出かけた僕たちは、森の中の静かなキャンプ場で楽しい時間をすごしていた。お父さんはバーベキューの準備をして、お母さんはテーブルにちそうを並べている。僕はひと時もじっとしていないリクの見張り番だ。

「リク！　僕にボール投げて！　リクってば！」

「あっ。あそこ、なんかいる！　あれなあにー？　パパー。ワンワン？」

僕とボール遊びをしていたリクが、後ろの森を指さしてお父さんに聞いた。リクが見つけたのは、藪《やぶ》にひそんでこっちを見ている尻尾《しっぽ》の太い動物だった。

「お、野生のキツネだ。コンコンだな。近づいちゃダメだぞ、リク」

お父さんが次々とお肉を焼きながら、僕たちを振り返って言った。

「もうすぐ夕飯だぞー」

「リク。ほら、ダメだって。ボール遊びの続きをしようよ」

僕はリクの袖《そで》を引っ張ったけど、何かに夢中になった時のリクは僕の言うことなんて聞きやしない。イヤイヤして足を踏《ふ》ん張《ば》っている。

「ヤだもん！　コンコンみるもん！　コンコン！」

僕はカチンときてキツネを追い払った。

「ほら。あっちいけ！　シッ！　シッ！」

「コンコン、いっちゃった……。もっとみたいよう！」

リクが駄々《だだ》をこねた。僕だって、時々は弟の面倒を見るのがイヤになる。

「じゃあ、好きにして。僕、もう、知らないよ！」

僕はお父さんのところに走って戻り、焼けたお肉を見て大はしゃぎした。

「わーい！　お肉！　お肉！」

「ソラの大好物だもんな。今日はいっぱい食べていいんだぞ」

お父さんが僕を見て楽しそうに笑う。お母さんも、僕の写真を撮《と》りながら笑った。

「はい、ソラ、いい顔ね。今度はリクと一緒に並んで撮ろうか。リク、おいで」

カメラを持ったままあたりを見渡すお母さんが、不安そうに言った。

「ねぇ、リクがいないわ。どこへ行ったのかしら」

「なんだって？」

お父さんがはじかれたように顔を上げ、森を振り返る。

お父さんとお母さんは真っ青になってリクを探した。だけど、どこにもリクの姿はない。夕暮れ迫《せま》る深い森が、小さなリクをすっぽりと隠してしまったんだ。

太陽がしずみかけていた。森の奥は、すでにうす暗い。すぐに夜がやって来るだろう。

「どうしよう。あの子にもしものことがあったら」お母さんが泣く。

「リクは好奇心《こうきしん》の強い子だから、もしかして何かを見つけて森の奥へ……」

お父さんがハッとしたように言った。

「キツネだ！　キツネを追ったんだ！」

キツネ……。僕の心臓がドキンと大きく鳴った。僕が、リクの見たがっていたキツネを追い払ったからだ。そして、リクをひとりにしたから……。

本当は、僕はちょっとだけリクが邪魔《じゃま》だった。お父さんもお母さんも、リクのほうがかわいいんだって思うことがあったから。だけど、リクがいなくなっちゃうなんてイヤだ。

当たり前のように、僕の隣《となり》にいたリク。毎日一緒に遊んで、いっぱい楽しい時間をすごした。小さなプールで水遊びしたり、虫の声を聴《き》きながらお散歩したり。遊び疲れて、夜はふたりでぐっすりと眠った。リクの明るい笑い声が大好きなんだ。

リクが心配でたまらない。どこへ行っちゃったの？　リク。

その時、森の木々をザワリと揺《ゆ》らして風が空き地を吹き抜けた。森を見つめていた僕の頭に、リクの姿がよぎる。キツネを追うリク。あの小道から森の奥へ入って――。

「お父さん、お母さん、リクはあっちの森の中だ！」

僕は大きな声で叫んだ。ふたりがおどろいて僕を振り返る。

「ほら、リクの声がする。助けを呼んでる。僕には聞こえるんだ！」

言葉で伝えられないのがもどかしかった。お父さんとお母さんの耳には、いつだって僕が「ワン！　ワン！」と吠えているようにしか聞こえないんだから。

「きっと、ソラが何か気づいたんだわ！　私たちを案内しようとしているのよ！」

僕は耳を澄まし、鼻を上にあげた。森のにおいがする。キツネやほかの動物、草や湿った土……。風に乗ってふわりと流れてくるリクのにおいを、僕はハッキリと感じた。

「こっちだよ！　ついて来て！」

僕は脚で草をけり、リクのいる場所へ向かって全力で駆《か》け出した。僕にしか嗅《か》ぎ分けられないリクのにおい。小道にリクの帽子《ぼうし》が落ちている。やっぱり、ここを通ったんだ。

ついに僕は、斜面《しゃめん》から足を滑《すべ》らせ、藪に引っかかって泣いているリクを見つけた。

僕は「ワン！　ワン！」と鳴いてお父さんたちを呼んだ。僕を振り返るリク。

僕が近づくと、リクは安心したのか、声をあげて泣きはじめた。ぬれたホッペをペロペロとなめてあげると、しょっぱい涙の味がする。

リクが、しゃくりあげながら僕を抱きしめて言った。

「だいすき。ソラ」

僕も大好きだよ、リク。やんちゃだけど、かけがえのないかわいい弟。本当に助かってよかった。きみは人間、僕は犬だけど、これからもずっと仲よく遊ぼうね。

笑顔になったリクを見たらものすごくうれしくなって、僕はいっぱい尻尾を振った。

校長先生の口癖《くちぐせ》

月曜日の朝は、キツい。

前日の日曜日はいつも昼まで寝ているから、どうしても寝るのが遅くなってしまう。昨日の夜だって寝たのは二時すぎだった。それで新しい一週間が始まる月曜日になると七時起きの生活が始まるものだから、いつも睡眠不足なのだ。

でもって、これがあるから、月曜の朝はマジキツい。

「えー、というわけで、わが校の生徒のみなさんは、えー、ぜひとも注意をして行動してください。えー」

はい、そうです。朝礼です。校長先生のお話です。

月曜の朝の流れはこうだ。

まず八時十五分に生徒たちが校庭に整列すると、朝礼担当の先生がマイクの前に立つ。

「おはようございます」

やたらゆっくりとしたかけ声。全校生徒も声をそろえて「おはようございます」と返す。でもみんな寝不足で、今ひとつ元気がない。それから校長先生がゆっくりと朝礼台に上がっていく。

「校長先生のお話です。一同、礼っ！」

ここからが地獄《じごく》の時間なのだ。

校長先生の話のパターンは大きく三つに分類される。その一、昔の人のありがたい言葉や感動的なエピソード。その二、最近の気になったニュース。その三、この学校で直近に起きたよいことをほめる、または悪いことを注意する。

これらをローテーションで話すのだけど、話はだらだら、ゆっくり。要点が正直よくわからないから、最初の三分くらいは集中できるのだけど、五分もたつともうダメだ。ありがたい話なのだろうけど、まったく頭に入ってこない。

「それで、えー、今日からは暑くなると、えー、気象庁から発表がありました。みなさん熱中症には、えー、くれぐれも注意して……」

あっ！

後ろのほうで小さな叫び声。

振り向くと、ほかのクラスの女子が倒れていた。オレみたいに寝不足か、または貧血か。先生があわてて駆《か》け寄っていく。

だが、そんな状況にかまうことなく、校長先生の話は続いている。

「えー、特に外での活動ですね。部活などで、えー、長時間、外に出ている生徒は、くれぐれも注意してください。えー」

この朝礼だって、長時間の、外での活動だと思うんですけどぉ！

ツンツン、と後ろに立っている大藪《おおやぶ》が、オレの背中をつついてきた。

なに？　とオレが振り向くと、やれやれといった顔をしていた。きっとオレも同じ顔をしていると思う。

大藪は「だりーよな、校長先生の話」と小声で言ってくる。

「ああ、ホントに」と小声でオレも返す。

「あんな内容だったら、三分で話せるんじゃねえかな」

「だよな……」

「こら、前田《まえだ》！　大藪！　ちゃんと話を聞け」

オレたちの私語《しご》に気がついた、国語の小暮《こぐれ》先生に怒られてしまった。

ス、スミマセン……と、オレたちはバツの悪い顔をして校長先生のほうに顔を向ける。やれやれ。怒られるし、話はつまらないし、週のはじめから大変だよ。

朝礼もやっと終わり、教室に戻《もど》ったオレに、大藪がさっきの話を続ける。

「なあ前田。校長先生って、ああして毎週つまらない話をするのが仕事なのか」

「たぶんな、こうやってオレたちは忍耐力を身につけていくんだよ」

「それにしても、つらすぎないか。あの校長先生の『えー、くれぐれも。えー』とかを毎週毎週、聞かされるのは」

「それだ。それだよ、大藪」

「えっ、何が？」

意味がわからず大藪は困惑《こんわく》しているが、オレはニヤついてしまう。

「校長先生の口癖だよ。えー、えーってやつ」

「それがどうしたんだよ」

「朝礼の話の時、校長先生が何回『えー』って言うか、予想するんだ。それが的中するか、より近い数だったヤツが勝ち」

「おお、おもしろいな。それなら校長先生の話に、ちがう意味で集中することができる」

「だろ。あっというまに朝礼が終わると思うぜ」

さっそくオレたちはA組の仲間に声をかけることにした。

「来週の朝礼で校長先生が『えー』を何回言うか。この『勝負』の参加者を募集する」

すると、同じく朝礼がつらかったのだろう。A組男子のほとんどがこの勝負に参加してくれることになった。

次の月曜日。

「えー、近年はグローバル化が進んでいます。日本でも、えー、海外からも、えー、たくさんの人たちが旅行に……」

いち、に、さん……。

手を後ろにまわして、オレは校長先生の「えー」をカウントして指を折っていく。

今日も校長先生の「えー」は絶好調だ。一分もしないうちに「えー」は二十を超えていく。

「ですから、えー、わが校の生徒のみなさんも、えー、国際語である英語を身につけて、えー、世界に通用する人材となって、えー」

グローバル化の話はまったく頭に入ってこないけど、「えー」だけは集中して数えているから、いつもの長い話が全然苦痛じゃないぞ。

「……というわけで、えー、これで本日のお話は、終わりです」

——八十五回か？

回数を確認しようとして後ろをちょっと向くと、大藪が小声で「八十五回」と言う。

うん、とオレはうなずいて前を向いた。

教室に戻ったA組の男子たちは、あらかじめ紙に書いておいた予想表を見る。

「今日は八十五回。ということは八十四回のニアミス賞で、勝者は西野《にしの》に決定」

オレが告げると、西野がガッツポーズを決める。彼には「今日の給食をだれよりも先におかわりできる権」が与えられた。

さらに次の月曜朝礼では、九十八回を見事に的中させた大藪が「掃除当番を、一回だれかに代わってもらえる権」をゲット。

校長先生の「えー」が出るごとに、オレたちA組男子はみんなププッと肩を震わせながらカウントしていた。横にいた小暮先生は不審そうな顔をしていたけれど、オレたちが何をやっているかはバレていないから大丈夫だ。

そして、さらに次の月曜日。

校長先生の「えー」は百回を超えるのではないかと予測したオレたちは、多めの予想を立てて朝礼に臨《のぞ》んだ。

「今日は、えー、えー、えー、絵の話をします。えー、絵というのは、いろんな絵がありますね。えー、日本のえー。えー、外国のえー、えーゴッホのえー、スザンヌのえーなど、えー、いろんなえーがあります」

（えっ、なんだ？）（数えられないぞ）Ａ組男子たちが動揺しはじめる。

「これらの、えー、えーを理解《りかい》するには英語が必要だと思います。英語は、えー、えーびーしー、最初はえー、えーですよね。アルファベットのえー、えーです」

「ど、どうなってるんだ」

混乱して顔を見合わせるＡ組男子のほうに、校長先生はニコニコと話しかける。

「というわけで、えー、えー組男子の諸君《しょくん》。私が何回『えー』と言ったか、数えられましたか？　私の話が長いのもいけませんが、朝礼の時は、きちんと話を聞くように」

「ま、参りました」

今回の勝負は、校長先生の勝ちだった。

運のいい男

「ぼくはね、とっても運がいいんだ」

それが男の口癖《くちぐせ》だった。

男の生《お》いたちは、どちらかというと不運だった。実の両親を早くに亡《な》くし、貧しい思いをして暮らしていた時期もあった。

しかし、十二歳で大企業の社長夫婦の養子となってからは、何不自由なく暮らせるようになった。その後、養父の引退に伴って、三十歳という若さで社長の座についた。

社長となった男は、小学校時代に同級生だった女性を秘書として雇《やと》った。

実はこの女性は、男がのちに養父母となる夫妻に初めて会った時、たまたまそばにいた。そして、口下手な男の代わりに、男の長所を上手にアピールしてくれたのだ。それが決め手となって、男は養子に迎えられたのだった。

この時の感謝の気持ちを、男は忘れたことがなかった。そこで、自分が社長になることが決まると同時に、何かお礼がしたいと彼女に連絡したのだ。すると彼女は、自分を社長秘書として雇ってほしいと言った。それで、男はこの願いを受け入れたのだった。

彼女は見た目こそ地味だが、とても優秀な秘書だった。

男が何かしようとする時、一切のとどこおりがなく物事が進むのは、すべて彼女の働きによるものだった。

「次の予定はどうなってる？」

「はい。次は三時から会議が入っております」

「三時？　ずいぶん空くなあ」

「はい。ですから、今日は、あちらのレストランでゆっくりと昼食をとられてはいかがでしょうか？　たまにはリフレッシュも必要です」

「うむ。まあ、きみがそう言うなら」

男は秘書に言われるまま、高級レストランでゆったりと昼食をとることにした。

すると、そこで海外の一流企業の社長にばったりと出会ったのだ。その人物とは、かねてから会って商談をしたいと思っていたが、タイミングが合わず、なかなか約束をとりつけることができないでいた相手だった。

この日、リラックスした空気の中でともに昼食を楽しんだふたりの社長は意気投合し、大きな商談が成立したのだった。

「社長、おめでとうございます！　よかったですね」

「うん。本当にぼくって運がいいんだなあ」


そのうち、男は結婚を意識するようになった。

「ぼくももう三十二歳かあ。ぼくが社長になってからも会社はますます安定しているし、そろそろ結婚相手でも探したほうがいいかな」

と、男は秘書に相談した。

「そうですね。恋人はいらっしゃらないようですが、どんな方がお望みですか？」

「うーん。そうだね、大企業の社長としてふさわしい相手がいいなあ。ワッと話題になるような……」

「というと、芸能人でしょうか？」

「ああ、いいかもしれないね」

「映画を中心に活躍している女優はいかがでしょう？　二十代後半くらいの。この方なんか気品もあって、社長夫人としてもふさわしそうですよ」

「ああ、顔くらいは知ってるよ。きれいな人だね。こんな人と結婚できたらいいだろうなあ」

そうは言ったものの、男はもちろん本気ではなかった。自分はビジネスの世界ではそこそこ有名かもしれないが、芸能界とは無縁な人間だ。女優と結婚なんて夢みたいなこと、そんなかんたんに叶うはずはない。

しかし、数日後、まさに奇跡のようなタイミングで男はその女優に会うことができた。

そして、その機会を逃さずに彼女を食事に誘った。そこは、身分が明らかな人しか立ち入れないパーティーの席だったので、彼女も安心して連絡先を交換してくれた。

「ああ、ぼくはやっぱり運がいいんだなあ。こんなに運がいいとなると、ちょっと心配になるくらいだよ」

次の日、男は秘書に向かってうれしそうに笑った。秘書はいつも通り、男に合わせて彼の運のよさをたたえていたが、その顔色はすぐれなかった。

一週間後、男は秘書が予約してくれた店で、例の女優と食事をした。彼女が主演した映画を観《み》てから行ったので、会話には困らなかった。もちろん、そうすることをすすめてくれたのも秘書だった。

いろいろな話をするうち、男は、自分がいかに強運かについて語り出した。

「ね、ぼくって、とても運がいいでしょう？」

「ほんとですね。そんなにタイミングのいい方、初めてお聞きしました」

「そうでしょう。こうして、あなたとお会いすることもできましたし」

「ええ。あなたのような方とおつき合いしたら、きっと運がよくなるんでしょうね」

「そうかもしれませんよ」

こうして、男は、女優と時々食事をする間柄になった。このままいけば、恋人になれるのも時間の問題かもしれない。ああ、ゆくゆくはあの人がぼくの妻になるのかなあ。やっぱりぼくって、運がいいんだな。

男がそんなことを考えていた時、携帯電話が鳴った。秘書が、過労で倒れて病院に運ばれたという知らせだった。

病院に駆《か》けつけると、秘書はぐったりした様子で点滴《てんてき》を打たれていた。

「大丈夫かい？」

男が声をかけると、秘書は弱々しく笑った。

「ご心配をおかけして申しわけありません！　社長、本日は午後のご予定が詰まっていたはずですが……」

「全部キャンセルしたよ。きみが倒れたっていうのに、放っておけない」

その言葉を聞いて、秘書は少しうれしそうな顔をした。

「いいかい？　会社のことは心配しなくていい。きみは、少しゆっくり休んでくれ。元気になったら、また戻ってきてくれればいいから」

「でも、秘書の仕事は……」

「大丈夫だよ。だれか代わりの者を立てる。ぼくがとっても運がいいことは、きみもよく知ってるだろ？　きみが休んでいる間に、会社をもっと大きくしてみせるよ」

男はそう言って、秘書に長期の休暇をとらせたのだった。

しかし、秘書が休んだとたん、男はあらゆることにストレスを感じるようになった。今まで何も考えなくてもスムーズにできていたことが、なかなかうまく進まなくなってしまったのだ。もちろん、秘書の代理は立てていたが、彼女のようにムダのないスケジュールを組むことは、本来なかなか難しいことだったのだ。

しかも、ちょくちょく起こっていた奇跡のようなタイミングのよさも、嘘のようになくなってしまった。

いったいどうなっているんだ？　ぼくの強運が、一気にどこかへ去ってしまったのだろうか？　男は頭を抱《かか》えた。

それからわずかな期間で、会社の経営状況が悪化してしまった。このままいくと、規模を縮小しなくてはならない。こんなことは、男が社長になってから初めてだった。

しばらくたって、ようやく時間ができ、久しぶりに女優と食事へ行くことになった。秘書の代理に頼んで予約してもらった店は雰囲気が今ひとつで、彼女も居心地が悪そうだった。そのうえ、男は日々の仕事で疲れていたこともあって、つい仕事の愚痴《ぐち》が多くなってしまった。

「きっと今だけよ。だって、あなたはとっても運のいい方なんでしょう？」

女優が言うと、男はうなだれたまま頭をゆっくりと横に振った。

「そんなことは……最初からなかったのかもしれない」

女優はその日も、きれいな微笑みを浮かべてはいたが、それ以降は食事に誘っても、何かと理由をつけて断られるようになった。

男はすっかり考え込んでしまった。

ぼくは、もともとそんなに運がよかったわけではなかったのか？

運がいいと思うことが起こる時、そばには必ず秘書がいた。そして、彼女がいなくなった今、ぼくはまるで運に見放されてしまったようだ。

なんとなく秘書の机を眺《なが》めていた時、たまたまそこに残されていたメモを見つけた。そこには、例の女優と出会ったパーティーの情報が細かく記されていた。

そうか。今まで起こった奇跡のようなタイミングは、いつも彼女が事前に調べて、計画してくれていたものなんだ。

男は、メモを握りしめたまま、休暇中の秘書のもとを訪ねた。

「社長、お久しぶりです。だいぶお疲れのようですね」

「ああ、きみがいなくなってから、会社のことも何もかもうまくいかなくてね」

「そうでしたか。でも、社長ならきっと大丈夫ですよ。運のいい方ですから」

「たしかに、今でもぼくは自分のことをとっても運のいい男だと思っているよ。だって、きみと出会えたんだから」

「えっ？」

「どうやらぼくは、きみと出会うことで強運を使いはたしてしまったらしい。これから先は、きみの運を分けてくれないか？」

こうしてふたりは結婚し、力を合わせて会社を立て直していった。

そっくりロボット

「このオムライス、食べたくない。なんだか食欲がないんだもん」

ハルナはそう言い、不機嫌《ふきげん》な顔でテーブルの上のお皿を押しやった。

「父さんが作った食事はお気に召《め》さないかな？」

同じテーブルで夕食をとっていた父が、ハルナを心配そうに見る。

男手ひとつでハルナを育ててくれた父。ハルナをいつも気遣ってくれていることも、よくわかっている。

「父さんの料理の腕前のせいじゃないよ。あの子と一緒にごはんを食べるのがイヤなの」

ハルナは、自分の目の前にいる少女に目をやり、口をへの字に曲げた。目の前の少女は、ハルナに瓜ふたつだった。おかっぱの黒髪、柔《やわ》らかそうな白い肌、大きな目と赤い唇《くちびる》。

ちがっているところはひとつだけ。この少女は人間ではない。父が作ったロボットなのだ。

ハルナの父は天才ロボット工学者で、政府が極秘に取り仕切るプロジェクトのもと、日々人型ロボットの改良に取り組んでいる。未来の話ではない。実は、現代社会において、ロボット製作技術はおどろくほど進歩している。

世間に公表されているロボットは、あえて機械であることを強調するようにデザインされていた。強化プラスティック製のユニークなロボットが自在に動き、話せば、人はそれを楽しむだろう。鋼鉄《こうてつ》の伸縮《しんしゅく》アームが目にも留《と》まらぬ速さで工場の作業をこなしても、人は技術の進歩に感心するだけだ。

だが、骨格《こっかく》をエックス線で映し出さなければ機械だと特定できない人型ロボットを、人間は受け入れることができるだろうか。ほとんど人間と見分けがつかないほど精巧《せいこう》なロボットが、すでに存在していることを知ったとしたら――。

人間がロボットの存在に反感や嫌悪感を持つことは、容易に想像できた。それどころか、恐怖でパニックを起こしかねない。ロボット工学の驚異的な進歩が、極秘事項になっているのはそのためだ。

「いくらあたしがモデルでも、こんなにそっくりだと気味が悪いよ」

ハルナは自分をじっと見つめている少女を見て、ブルッと身を震わせた。

「名前もハルだなんて。あたしと一文字しか変わらないし」

「本当にすまないが、そうするほうが安全だからだよ。たとえだれかにロボットを見られても、私の娘に見えるだろう？　うっかり呼びかけてしまってもごまかしがきくように、この名前をつけたんだ」

父は申しわけなさそうに、だが頑《がん》として言った。

「父さんはロボット工学者だ。人間以上のロボットを作ることが人生をかけた夢なんだ。わかってほしい」

「でも、イヤなものはイヤなの！」

ハルナは少女をきつくにらんで言った。

「ね、わかってる？　あなたはロボットなの。ロ・ボ・ッ・ト。人間じゃないんだよ！」

少女は困ったような表情を浮かべ、ハルナの父を見た。その様子があまりに人間臭《くさ》く、ハルナはますますこのロボットを気味悪く思う。

「この子、父さんのことを自分の本当の父親だと思ってるみたいだよね」

嫌悪感をあらわにして、ハルナは言った。父が、ハルナをたしなめる。

「ハルナ、そんな言い方をしちゃだめだ。相手には、心があるんだよ」

「ロボットに、心？」

「そうだ。父さんの研究は、ついにそこまで到達《とうたつ》したんだ。成功はもう、目の前にある。今まで、ぜったいに人間に逆らわない思考回路を組み込んでいたが、もっと自由な感情を持つロボットを……」

「イヤ！　もう、耐《た》えられない！　すぐにこのロボットを壊《こわ》してよ！」

ハルナは泣いて暴れ出した。テーブルの上の皿を床《ゆか》に投げつけ、父がいくらなだめても聞く耳を持たない。すると、それまで黙《だま》って様子を見ていたハルがため息をついて立ち上がり、ハルナの父に言った。

「父さん。明らかに失敗だよ。この子、自分のほうが人間だって思い込んじゃってる」

そう言うと、ハルはテーブルの上に置いてあったリモコンを取り上げ、ハルナに向けてピッと押《お》した。突然動かなくなったハルナが、ガタンと音を立てて椅子《いす》に座り込む。

父が肩《かた》を落として言った。

「ああ。……残念だが、お前の言う通りだ、ハル。七号も失敗か……」

ハルは落ち込んでいる父を気の毒そうに見ると、自分そっくりに作られたロボットHAL＝7、通称《つうしょう》『ハルナ』を見て言った。

「次のロボットは男の子型にしてみたら？　いい結果が出るかもよ？」

ハルの言葉に父は目を輝かせてうなずき、すぐにHAL＝7を抱《かか》えて立ち上がった。

「いい意見だ。さっそく研究にとりかかろう。次はHAL＝8『ハルヤ』だな！」

リセットチョコレート

麻衣《まい》は、赤いレンガ造りのチョコレート専門店『ショコラ・ユウ』の前に立っていた。

（見つけちゃった……）

『ショコラ・ユウ』は魔法《まほう》のチョコレート店といわれている。突然現れたり消えたりする不思議な店で《好きな人に告白したくなるチョコ》、《失恋の痛手を一瞬で忘れられるチョコ》といった、これまた不思議なチョコレートを売っているらしい。

本当にその魔法を必要としている人にだけ見える店だとか、単に迷いやすい場所にあるからたどり着けないだけだとか、真相ははっきりしない。

「もしそのお店が見つかったら、朝比《あさひ》くんにチョコレートを渡す」と、麻衣が願かけのように心に決めて来てみたら、駅前通りをまっすぐ歩いただけで、すぐに赤いレンガ造りの店が見つかった。

「いらっしゃいませ」

バレンタイン前日なのに客はいない。ショーケースの向こうに立っている店員は、背の高い清潔感のある印象の男の人だった。

「バレンタイン用ですか？　もうほとんど売り切れちゃって、残っているのは一種類だけなんです。すみません」

「え、そうなんですか」

店員がショーケースから出してくれたのは、深い紺色《こんいろ》の指輪ケースのような小箱に入った、一粒《ひとつぶ》のチョコレートだった。

「きれい」

残りものとは思えないきれいなチョコレートだ。予算内であればもうこれでいい、これがいい、と思えるほど美しかった。

「これはですね、《必ず両想いになるチョコレート》です」

「ええっ？」

「好きな人に渡せば、相手もあなたを好きになってくれます」

「そんなっ、ストレートすぎです。もう少し軽いの、ないですか」

「《なんとなくいい感じになるチョコ》とか《両想いなら本命チョコに、ダメなら友チョコに見えるチョコ》とか、そういったソフトな感じのチョコレートはあっというまに売り切れちゃって……。これが残ったんです」

「これはちょっと……」

「効果のあらわれ方は人それぞれです。奥手《おくて》の人が食べた場合は、ゆっくり変化するはず。相手はどんな人です？」

麻衣は朝比の姿を思い浮かべた。隣《となり》のクラス、同じ陸上部で、マンガ友だち。おたがいの保有しているマンガがちがうので、貸し借りし合うのに絶好の仲だった。麻衣としてはもう少し距離を縮めたいけれど、向こうにその気配はない。

「……あんまり恋愛には興味なさそうな人です」

「だったら大丈夫ですよ。ほどほどに、ゆっくり進行するでしょう」

「じゃあ、……それ、ください」

麻衣はそのチョコレートを買った。魔法の効果もゆっくりだというし、これほどきれいなチョコレートはほかを探しても見つからないだろう、と思ったからだ。

バレンタイン当日の放課後、部活の終わった下駄箱《げたばこ》で、麻衣はいつものように朝比にマンガの入った袋を渡した。いつもとちがうのは、中にチョコレートを入れてあることだ。朝比は気づかないでカバンに袋を突っ込むと「じゃあ」とだけ言って帰っていった。

その夜、麻衣のスマートフォンの受信音が鳴る。ピコン。朝比からのメールだ。

《ありがとう。チョコおいしかった♥》

麻衣はベッドから転げ落ちる。

(ハートマークがついてる！　なんだこれは。これはなんだ。ハートマークだ)

朝比からのメールにハートマークなんて今までなかった。もともと絵文字や顔文字は使わないタイプだ。思わず麻衣の頬《ほお》の筋肉がゆるむ。

(これが《必ず両想いになるチョコレート》の効果《こうか》なの⁉)

その日から、朝比の態度が変わった。まわりにわかるほどではない。教室でも放課後のマンガの受け渡しでも、表向きは今まで通りだ。

けれど麻衣は、確実に変化を感じた。声が優しくなった。目が優しくなった。朝比のまわりに漂《ただよ》う空気が柔《やわ》らかくなった。

廊下《ろうか》ですれちがう時は、必ずにっこり笑ってくれる。

今日はマンガの入った袋を受け渡す時、手が触れた。顔と指先が熱くなる。

(手がぁー、手がぁー。うれしい。あのチョコを渡してよかった)

ホワイトデーが近づいたある日、朝比からデートに誘われた。

部活のない土曜日に、三十分ほど電車を乗り継いだ先にある大きな書店に行こう、と言われたのだ。

麻衣は、男子とふたりで外出すること自体、初めてだ。ひとまず友だちに相談しておこうと、親友の可奈子《かなこ》を探して廊下を歩いていると、階段のそばで泣いている女子を見かけた。

(あれ、風香《ふうか》ちゃんだよね? どうして泣いてるんだろう?)

麻衣は廊下にいた可奈子に尋《たず》ねてみた。

「風香ちゃん? 失恋したらしいよ。バレンタインにチョコレートをあげてダメで、あきらめきれずにアタックしてもダメで、とうとう、今週末は好きな子と遊びに行くからあきらめて、ってきっぱり断られたんだって」

「えっ? 相手はだれ?」

「そこまではわかんない。で? 麻衣の話は何?」

「なんでもない!」

風香は朝比と同じクラスでわりと仲がいいから、心配していた相手だ。もしかして、風香の誘いを断ったのが朝比だとしたら……。

麻衣は怖くなってきた。

もし麻衣が《必ず両想いになるチョコレート》を渡さなければ、朝比は風香を選んだかもしれない。

朝比の優しい目も声も、本当は風香に向けられるべきものだったかもしれない。

土曜日に遊びに行こうと誘われるのは、風香だったかもしれない。

デート前日、麻衣は、再び『ショコラ・ユウ』を探しにいった。見つからないかも、と心配したが、今回も店はすぐ見つかった。

「いらっしゃいませ」

前回と同じ店員が迎えてくれる。

「解毒剤ください」

「はい？　ああ、あなたは先月のお客さま」

「あの、私、苦しいんです。朝比くんとの距離が近くなって、とってもうれしかったんですけど、私がこんなチョコを渡さなければ、朝比くんは自分の本当に好きな人と仲よくなっていたかもしれないって思うと……。彼を解放してあげたいんです。

だからチョコの効果を取り消す解毒剤をください」

「それでは、これをどうぞ。《リセットチョコレート》です」

店員は、赤い箱に入ったきれいなチョコレートを出した。

「《リセットチョコレート》？　そんなのあるんですか？」

「たまにいらっしゃるんですよ、チョコの効果を取り消してほしいという人が。だから作ってあるんです。人生に後悔はつきものですからね」

翌日、麻衣は《リセットチョコレート》を持って書店に行った。

好きな人と好きな場所。これ以上楽しい時間はない。麻衣は最後の思い出に、今日だけは思い切り楽しもうと決めた。

写真集や絵本が置いてあるふだん行かない売り場も、ふたりでゆっくり見てまわる。近くのフードコートでパスタを食べて、再び店内に戻り、得意のマンガ売り場でうんちくを披露し合い、おすすめのマンガを選び合う。

再びフードコートでクレープを食べて休憩する。

食べ終えてから、麻衣は、テーブルの上に《リセットチョコレート》を置いた。

「はいチョコレート。バレンタインのチョコとセットなの。今食べて。ここで食べて」

　朝比は、チョコレートが入った箱のふたを開けて「きれいだな」と言ったあと、手を伸ばそうとしない。しばらくして、麻衣にすまなそうな顔を向けた。

「ごめん、本当はチョコが苦手で、食べられないんだ」

「え？　だってバレンタインに、おいしかった、って……」

「実はあれも食べてない。まだ家の引き出しの中。でも、チョコをもらったことは本当にうれしかったんだ」

　朝比は両手を合わせる。

「ごめん、食べてないって言えなくて。申しわけない」

　朝比に深々と頭を下げられて、逆に恐縮《きょうしゅく》する。

「いいよいいよ、気にしないで」

　麻衣は安心した。チョコレートの効果でデートに誘われたのではないのだと。

「あ、あれ？　ということは？　ねえ、今日、何で誘ってくれたの？」

「え？　それ聞く？　今？」

「え？　あ……。いい。聞かない」

「え？　聞かないの？」

「いや……聞きますけど。えっと。ねえ、風香ちゃんからチョコもらった？」

「一応。ずっと断ってるのにわかってもらえないから、好きな子と今日、遊びに行くってことをきっぱり言った。あっ……」

ふたりはフードコートでしばらく照れ合ったあと、マンガを数冊ずつ買って、仲よく帰った。

自分探し

【×月×日】

ダメだ。もう限界だ。

ボクは、平凡《へいぼん》な毎日にうんざりしている。

毎朝七時に起床《きしょう》。八時に家を出て九時から会社で働く。十二時に昼メシを食べる以外は一日中パソコンの前でデータを見ているだけ。残業も多いし、家に帰るのも十二時過ぎ。コンビニで買った弁当とビールが晩《ばん》メシで、疲れて寝てしまうと次の日の朝になっている。こうして家と会社の往復で一日が過ぎていく……。

休みの日といえば、平日の疲れがたまっていて昼過ぎまで起きられない。起きても、何もしたいと思えず、ボーッとテレビやスマートフォンを見て休日は終わってしまう。こんな毎日、もう嫌だ……。

日記を読み返してボクは、こう思った。

（こんなの本当の自分じゃない！　本当の自分を探しに行かなきゃ）

明日は会社を休んで、自分探しの旅に出よう。


【×月△日】

新幹線とバスを乗り継いだボクは、海辺の町を歩いている。

バス停からの坂道を下って歩いていくと、道の先にキラキラと光る海が見えた。そうだ。ボクには、こんな非日常的な風景が必要なんだ！

ウキウキして坂道を下っていくと、港が見えてきた。たくさんの船、青い空を気持ちよさそうに舞っている鳥たち。潮の香りが気持ちいい。

ここなら、本当の自分を見つけられるかもしれない。ボクは海沿いの道をゆっくり歩くことにした。


しばらく歩くと、道の向こう側から、見覚えのある格好《かっこう》をした若い男が、ボクに手を振《ふ》っているのが見えた。

ん？　初めて訪れた港町でボクに手を振っている人ってだれだろう。

そう思ってボクは目をこらし、徐々《じょじょ》に近づいてくる人物を見てびっくりした。

ボクだった。

今ボクが着ているのと、まったく同じ服を着て、同じ顔をしている。

「やあ」と彼が声をかけてくる。

「あ、あなたは？」

「見ればわかるだろ。キミが探していた、本当の自分だよ」

そう言って「本当の自分」は、ボクに笑いかける。

「キミは、家と会社の往復で一日が過ぎていく平凡な毎日にうんざりしてたんだよね。それで（こんなの本当の自分じゃない！　本当の自分を探しに行かなきゃ）って思ったんだろ。だからほら、本当の自分を、キミはついに見つけたんだよ」

「え、でも、今までの自分は」

「そりゃあもう。キミは、本当の自分を探し当てたんだから」

「本当の自分」は、ボクを見てニヤニヤと笑っていた。


【×月○日】

というわけで、この日記は今日から「本当の自分」が書いている。

もうボクは、平凡な毎日にうんざりしていた自分ではない！「本当の自分」は、今日も元気に起きて、会社でバリバリ仕事をして、充実したアフターファイブをすごしてから、家に帰ってこの日記を書いている。毎日が楽しくてしかたないんだ。

「今までの自分」はどうなったかって？

わかるだろ。この世に自分は、ふたりもいらないからね。

放課後の理科室

放課後、急いで廊下《ろうか》を歩いていた薫《かおる》は、理科室を過ぎたところでふと立ち止まった。

「あ。忘れてた。科学部に用事があるんだった」

科学部は、東棟《ひがしとう》の第二理科室を部室にしている。一応十人ほどの部員がいるらしいが、薫の知るところでは、真面目《まじめ》に部活動を行っているのはひとりだけ。幼《おさな》なじみの裕介《ゆうすけ》だ。

彼は『超』がつくほど生真面目《きまじめ》な性格で、放課後であろうと夏休みであろうと、理科室の使用が許可される時間はすべて科学の研究にいそしんでいる。

薫は踵《きびす》を返して戻ると入口のドアを引き開け、ガランとした理科室の中を見渡した。

「いたいた、裕介！　ね、お願いがあるんだけど……」

大きな机の前に座り、実験道具や学術書の山に埋《う》もれている裕介に声をかける。真剣な表情で実験していた裕介がハッと気がついて顔を上げ、黒縁《くろぶち》のメガネ越《ご》しに薫を見た。

「あ……。薫。どうしたの?」

裕介が薫に向ける優しい笑顔は、小さなころから変わらない。

ふたりのつき合いは、もう十二年になる。幼稚園の時、薫の家の隣《となり》に引っ越してきた裕介。色白の小さな顔に大きなメガネをかけ、さびしそうにしていた人見知りの少年は、明るくて人なつこい薫にだけ心を開いた。

裕介の両親はふたりとも世界的に名の知れた優秀な学者で、アメリカの有名大学に招《まね》かれて研究に没頭《ぼっとう》していた。家に帰るのもままならないほど忙《いそが》しいので、裕介は日本の祖父母に預けられていたのだ。

その両親の血を受け継いだ裕介が、特別に頭のよい少年だということは当然だった。彼は、自然や科学のあらゆることを知っていて、薫をいつもおどろかせた。虹はなぜ美しい七色になるのか、植物や生物はどのように進化してきたのか。時にはそれを実験で手品のように見せてくれる。薫は裕介の魔法のような実験に夢中になった。

しかし彼は、自分が飛び抜《ぬ》けて優秀なことを、周囲にはひた隠しにしていた。成績を平均程度にとどめるために、あえてテストで不正解を書く。

「普通の子どもでいたいんだ」裕介は、薫にそう言った。「本当のことが知られたら、両親はきっと僕をアメリカに呼び寄せて、大学まで飛び級をさせる。それが嫌なんだ」

薫がこの進学校に合格したのは、まちがいなく裕介のおかげだ。入学してからもずっとそこそこの成績を維持しているのも、裕介が個人授業をしてくれるからだ。裕介は薫に、最小限の勉強で最大の効果を上げる方法を教え、ほとんどの宿題を手伝った。

「ねぇ、助けて。今日は物理を頼みたいんだ。私には難しくて」

薫はカバンの中からテキストを出し、裕介の前にドサッと置いた。

「いつものように、ところどころまちがいも交ぜておいてね。全部正解だと怪《あや》しいもんね。それと、国語もお願い。感想文なの。私の字とそっくりに書けるあの装置、作ってくれてありがとう！　すごいよね。天才の幼《おさな》なじみを持って、すっごく幸せ！」

薫の言葉に、裕介は照れて頰《ほお》を赤くした。まぶしそうに薫を見つめて微笑む。

「役に立ててうれしいよ。僕こそ、薫がいるから毎日が楽しいんだ」

「うん……。私もだよ」

薫はぎこちない笑顔を作った。そう答えながらも、すぐに裕介から目をそらす。

薫は、裕介が自分を好きだということに気づいていた。彼がこの小さな町で平凡な学生のふりをしているのは、薫と一緒にいたいからだということも。

だが薫は、その気持ちに気づかないふりをしていた。裕介を特別な男子として見ることができなかったのだ。薫にとって裕介は、思い切りわがままを言えるきょうだいのような存在だった。

机の上にある黒い箱形の装置のようなものを見ながら、薫は聞いた。

「それなあに？　新しい実験装置？」

特別興味はなかったが、宿題を押しつけているのに何も話さず帰るのは、さすがにためらわれる。裕介が、めずらしく少し誇《ほこ》らしげに答えた。

「メビウス・スイッチだよ。僕が完成させた。父さんも母さんも、ほかの学者もたどり着けていない研究の答えを、僕が出したんだ。高校の理科室の中で間に合う材料でね」

「へぇ。すごいね。さすが！」

何がすごいのかよくわからなかったが、薫は手を叩《たた》いて裕介をほめた。

「で、そのなんとかスイッチって何をするものなの？」

裕介は、ビッシリと数式を書き記したノートの端《はし》を、幅《はば》一センチほどの帯にして切り取った。その細長い紙のテープを、机の上に置く。

「時間を操る装置だよ。かんたんに説明するね。これが、時間の流れだとする」

「すでに難しいよー」

「そっか。じゃあ、このテープが、薫が一生をかけて歩く道だとする。赤ちゃんの薫はこの道を歩きつつ成長していくんだ。幼稚園生、小学生、中学生、高校生」

「うん」薫は自分がテープの上を歩いているところを想像した。「それで？」

「この道は一方通行なんだ。高校生から赤ん坊には戻《もど》れないだろ？　それが時間の流れ」

「んー。なんとなくわかる」

「でも、こうしてテープを一八〇度ねじって端と端をつなぐと……テープは完全な輪になる。メビウスの輪って知ってる？　始まりと終わりがくっついて、道は一方通行じゃなく、ループするんだ。時間は過ぎ去ることなく、永遠にくり返すことになる。道の一部を切り取ってつなげば、その時間の中にずっと閉《と》じこもることもできるんだよ」

薫は「へぇ」と気のない返事をしてから、あわてて「すごい！」と言った。頭がよすぎる人の話はさっぱりわからない。裕介は、〈不可能を可能にしたすごい装置〉のことを一生懸命説明したが、薫は全然興味を持つことができなかった。

「ああ。もう試合が始まっちゃってる……」

落ち着かない気持ちで、薫は窓の外に目をやった。グラウンドでは、サッカー部が練習試合をしている。その中にいるひとりの背の高い選手に、薫の目は釘づけになった。

薫より一学年上の、青山淳《あおやまじゅん》だ。毎日部活の練習を見学に行っていたら、近ごろではかなり親しくなった。明後日《あさって》の日曜日は、他校との練習試合を観《み》に行く約束もしている。

ただの後輩から特別な相手になれる……。薫は、そんな予感でワクワクしていた。差し入れのお弁当も作りたいから、宿題をやっているヒマなんてない。

うっとりと青山を見ている薫に、裕介が言った。

「僕の話は退屈《たいくつ》？」

薫はハッとして裕介《ゆうすけ》を見た。メガネの奥の目が、暗くしずんで見える。裕介はすぐに薫から目をそらしたが、その横顔はさびしそうだ。しばらく間を置き、彼は静かに言った。

「宿題、置いていっていいよ。やっておくから」

薫は後ろめたい気持ちを振り切って、裕介に言った。

「ありがとう、裕介。じゃあ、よろしく」

ドアから出る前に振り返り、机の前にポツンと座っている裕介に声をかける。

「あの……。ごめんね、裕介」

裕介が何度か目を瞬《またた》き、薫を見つめた。

「僕こそごめん。だけどもう、こうするしかないんだ」

ささやくように裕介が言い、指先で黒い箱についた銀色のスイッチを押す。ブーンと軽い回転音が、理科室を出る薫の耳に響いた。

「早くグラウンドへ行かなくちゃ、練習試合が終わっちゃう」

廊下を急いでいた薫は、理科室を過ぎたところでふと立ち止まった。

「あ。忘れてた。科学部に用事があるんだった」

薫は踵を返して戻ると入口のドアを引き開け、がらんとした理科室の中を見渡した。

「いたいた、裕介！　ね、お願いがあるんだけど……」

大きな机の前に座り、実験道具や学術書の山に埋もれている裕介に声をかける。

真剣な表情で実験していた裕介がハッと気がついて顔を上げ、黒縁のメガネ越しに薫を見た。

その瞬間。薫は奇妙な既視感《きしかん》を覚えた。この場面に見覚えがある気がする……。

一度ではない。何度も、何度も——。

「あ……。薫。どうしたの？」

裕介が、小さなころから変わらない、優しい笑顔を薫に向ける。

薫の心に浮かんだ疑問が、ぼんやりと消えていった。

心霊《しんれい》スポット

三十代半ばのふたりの男が、小さなバーを開店した。五人掛《が》けのカウンターのほかに、ふたり掛けのテーブルがひとつというせまい店だが、バーを開くことはふたりの大学時代からの夢であり、それが叶ったのである。

「ついにやったな」

「うん。まあ、これからが勝負だけどな」

ふたりの店は、大通りから少しそれた路地裏にある。

ふたりが生まれるよりずっと前に建てられた古いビルは、洒落《しゃれ》たレンガづくりで、これまでに見た物件の中でもっともイメージに近かった。そのうえ、想定していたよりもはるかに家賃が安い。ふたりは即決《そっけつ》した。

しかし、店を始める時に重要なのは、もちろん建物だけではない。バーを開くのにふさわしい立地かどうかについて、ふたりはリサーチ不足だった。

開店から半年ほどたっても、友人たちがたまに遊びに来るだけ。ふたりが待ち望む、通りすがりにふらっと立ち寄る客などほとんどいない。

それもそのはず。このあたりは、家族連れの多い住宅街であり、近くの名所といえば、昔ながらの陰気《いんき》な墓地《ぼち》くらいだ。そんなところで、夜にひとりでバーへ行こうという人は、まずいないだろう。

「まいったなあ。このままじゃ、店を閉めるしかなくなる」

「うーん、近くに何か人の集まるおもしろい場所でもできればいいんだけど」

「このへんじゃ、あの墓地くらいしかないからなあ。昔はよく怪奇映画やドラマの撮影に使われたって聞いたことがあるけど、今さらそんなことで人は来ないし」

「いや、待てよ。もうすぐ夏だし、あの墓地が心霊スポットとして噂《うわさ》になれば、肝《きも》だめしがてら人が集まるんじゃないか？　そしたら、墓地《ぼち》の近くに看板《かんばん》を出してさ。シロップの代わりにリキュールをかけたかき氷でも用意したら、きっと人気が出るよ。このへんじゃ、ひと休みできる店なんてほかにないんだから、みんなここへやってくるだろうし」

「いいね！　でも、どうやってあの墓地を、今さら心霊スポットにするんだい？」

「そこなんだよなあ」

ふたりは考えた末に、心霊スポットめぐりをしている人のSNSを見つけ、近くの墓地に幽霊《ゆうれい》が出るという噂があるので調べてほしいというメッセージを送った。

すると、次の日には、来週末に墓地へ行ってみるという返事が届いた。

「よし！　この日が勝負だ。おれたちが先に墓地へ行って隠れている。そして、人が来たら、視界の先をさっと横切るんだ。白い着物なんか着てさ。暗闇《くらやみ》なんだから、それだけで十分だろ」

「うーん、そんなにうまくいくかなあ？　で、どっちが白い着物を着るの？」

「お前だろ。おれ、結構体格がいいからな。ちょっと華奢《きゃしゃ》なほうが幽霊っぽいだろ」

「それって、幽霊に対する偏見《へんけん》のような気もするけど……」

そして、いよいよ当日になった。

例の墓地の墓石《はかいし》のかげにしゃがんで、量販店で買った幽霊コスプレ用の白い着物を着た男が、もうひとりの男に何やら耳打ちされている。

「いいか、全身をすっかり見られたら、いくら暗闇でもさすがに人間だってことがばれちまうから、墓石のかげからちらっとだけ見えるとか、工夫をしろよ」

「わかった。で、お前は何するの？」

「おれは、木の枝を揺《ゆ》らしてガサガサと音を立てる」

「それだけ？」

「ああ。効果音っていうのも大事だろ？」

「そうかもな。でも、こんなことしていいのかな？」

着物姿の男が、真っ暗な墓地を見渡しながら言った。

「なんだよ、今さら。いいも悪いもないだろう？」

「だって、ここは墓地なんだぜ。こんなところでこんな格好《かっこう》して、本物を呼び寄せちゃったら……」

着物姿の男は、言いながらぶるっと身震いした。

「そりゃ、お前、ものすごくラッキーだろ！　本物のほうがインパクトあるに決まってるんだから」

そこへ、話し声と足音が聞こえてきた。例のメッセージをくれた人が、仲間を誘って三人一組でやってきたようだ。

「よし、作戦スタートだ！」

白い着物を着た男が、やってきた人たちの進路を先回りして、墓石と墓石の間をさっと走り抜けた。

「キャアッ！　今、何か白いものが通りませんでした？」

「うそっ！」

体格のいいほうの男は墓石のかげに隠れたまま、必死で笑いをこらえる。

よしよし、なかなかいいぞ。あいつ、結構やるじゃないか。さて、そろそろおれの番かな。

立ち上がって枝を揺らそうとした時、着物の男がいるあたりから、何やら大きな鈍《にぶ》い音が聞こえた。続いて、

「キャ――――ッ！」

と耳をつんざくような悲鳴がしたかと思うと、三人組がものすごい勢いで転がるようにして逃げていった。

いったい、何があったんだ？

目を凝《こ》らすと、少し離れたところに、着物姿の男がぼーっと突っ立っているのが見える。

あいつ、あれほど全身を見せるなって言ったのに。でも、なんだか様子が変だぞ。

まさか、あいつが言ったように本物が現れたとか……？

「おい、いったいどうしたんだ？　なんとかうまくいったからよかったものの、あの人たちの目の前で全身を見せるなんて、ニセモノだってバレたらどうするつもり

だったんだよ」

言いながら近づくと、男の白い着物が赤く染まっているのに気がついた。心なしか顔も青白く、いかにも幽霊っぽい。

「お前、そんなメイクまで用意していたのか！　かなり本物っぽいな！」

すっかり感心したもうひとりの男が言うと、着物姿の男はこう答えた。

「いや、正真正銘《しょうしんしょうめい》本物だよ。さっき、そこで転んで墓石に思いっきり頭を打っちゃってさ。おれが本物になっちゃったんだ」

ラジオ体操《たいそう》

「駅から徒歩二十分。少し遠いですが、環境はバツグンですよ。何といっても目の前が公園です。朝、小鳥たちのさえずる声で目を覚ますなんて、最高じゃないですか」

不動産屋の主人が窓《まど》を開ける。

「どうぞ、ベランダに出てみてください」

うながされて、男はベランダに出た。

本当だ。目の前はちょっとしたイベントができる広場になっていて、そのまわりは見渡す限り、木々の緑で覆《おお》いつくされている。

遠くからは鳥の声が聞こえてくる。

こうしてベランダから見る景色は、今住んでいる都会の真ん中とは大ちがいだった。何せ今、窓を開けて見えるのは、隣《となり》のマンションの壁《かべ》なのだ。聞こえてくるのは、高速道路を走る車の音ばかりだった。

うん、ここはいい、と男は思った。

夜遅くまで仕事に追われる毎日だった。生活空間が自然に囲まれていれば、心が癒《い》やされるはずだ。仕事にも意欲が湧《わ》いてくるだろう。

「ここにします」

こうして男は、公園前のマンションに引っ越すことにしたのだ。

ところが、夢見ていた生活は引っ越した翌朝から打ち消される。

朝六時半。

昨日の疲れがとれないままベッドの中でスウスウと寝息を立てていると、窓の外から、

「おはよーございます！」

「おはよーございます！」

と、大きな声が聞こえるのだ。

な、なんだ。どうしたってんだ。

窓の外から聞こえてくる大勢の人たちの「おはよーございます！」で、男は夢の

世界から、一気に現実へ引き戻された。

「今朝も元気にまいりましょう。ラジオ体操、第一！」

♪チャン、チャーカ、チャチャチャチャチャ
♪チャン、チャーカ、チャチャチャチャチャチャ
「え、なんだよ。どうなってんだよ」

マンションのベランダから見える公園の広場、そこで毎朝「ラジオ体操」が行われているのだ。

――あの不動産屋のオヤジ、そんなコト言ってなかったぞ。

怒りが込み上げてきたが、こうして引っ越してしまった。

男はカーテンを少し開け、外をのぞく。

見えたのは老人たちが元気よく、手足をグルグルと動かしている姿だった。

ハツラツとした姿を見ているうちに男はめまいがしてきた。昨夜は引っ越しの片づけをしており、寝たのは午前二時過ぎだった。つまりまだ四時間くらいしか眠れていない。

ウソだろ。

こんなコトってアリなのか。

再びベッドに戻った男は、布団にもぐり込んで両手で耳をふさぐ。けれど……。
♪チャン、チャーカ、チャチャチャチャ
ラジオ体操は布団の中まで聞こえてきてしまう。
どうしよう。どうしたらいいのだろう。
聞こえてくるラジオ体操に、男は途方《とほう》に暮れるしかなかった。

引っ越してから三日後。
今朝も六時半に、男の部屋にあの音が聞こえてくる。
♪チャン、チャーカ、チャチャチャ……
うるさい！　うるさい！　うるさい！
男は完全に目がさえていた。もはや目覚まし時計なんて必要ないのだ。
もう我慢できない。直接、クレームを言ってやる。
公園の広場に向かうと、今朝のラジオ体操は終わっていた。
「ここの責任者はだれだ！」
強い口調で老人たちに言い放つと、彼らは不安そうな顔を見合わせる。
「私ですが」と、その中のひとりが前に出ると、男は老人をにらみつけた。

「終電で帰ってきて、寝るのが毎晩二時過ぎなんだよ。一分でも長く寝ていたいのに、なぜお前たちはオレの眠りの邪魔《じゃま》するんだ！」

すごい剣幕《けんまく》で怒鳴《どな》り込んできた男に、毎朝ここでのラジオ体操を習慣にしていた老人たちは困った顔をしているだけ。

「特に明日はなあ、早くから大事な商談があって、オレのサラリーマン人生がかかってんだよ。もうこれ以上、オレの安眠《あんみん》と、オレの人生の邪魔《じゃま》をしないでくれ！」

男の勢いに押され、老人たちは話し合いを始めた。

「わかりました。明日からは場所を移すことにします」

「そうか。わかってくれればいいんだよ」

男は安心した。これで明日からゆっくりと眠ることができる。


翌朝。

「ラジオ体操」に起こされずに済んだ男は、ベッドの中でぐっすり眠っていた。

商談の時間はとっくに過ぎていたにもかかわらず……。

望みの果て

「おれに願いごとを叶えてあげよう」

下半身が半透明《はんとうめい》なおじいさんは、幸樹《こうき》たちに向かってそう言った。

中学校の通学路にある喜志音神社《きしねじんじゃ》。幸樹《こうき》、隆《たかし》、有希《ゆき》、啓太郎《けいたろう》の四人はこの神社の裏《うら》にあるマンションに住んでいる。

ふだんは部活もあって別々に登下校しているが、テスト期間中には、抜《ぬ》け道《みち》として通るこの神社の境内《けいだい》で四人がそろうこともある。

十月に入ってすぐ、中間テストの初日に幸樹たちは、賽銭箱《さいせんばこ》の裏に鏡が落ちているのを見つけた。ちらばっているカケラを四人で集め、鏡にはめた瞬間、フワフワと白い煙《けむり》が出てきて、下半身が半透明なおじいさんが現れたのだ。

「ありがとう。猫がご神体を持ち出してね、いやあ、どうなるかと思ったよ」

自分がこの神社の神さまだというおじいさんは、四人の顔を順番に見つめて言った。

「お礼に願いごとを叶えてあげよう。ひとりひとつね。みんな手を出しなさい」

おじいさんは全員の手のひらに、折りたたんだ和紙をひとつずつのせた。

「中には飴《あめ》が入っておる。願いが決まったら、それを唱えながら食べなさい。といっても、いつまでも霊力《れいりょく》が続くわけではない。そうじゃな、期限は三か月、十二月三十一日までに願いごとを唱えなさい」

おじいさんの姿がふっと消えてしまうと、四人は顔を見合わせた。

隆が手をあげる。

「僕、お母さんが買った宝くじが当たるようにお願いするよ」

「えっ、もう願いを決めたのか？　もっと慎重《しんちょう》に考えろよ」

幸樹《こうき》はおどろいて隆を見たが、隆は単なる思いつきで言ったわけでもなさそうだった。

「実はね、うち、借金があるんだ。お父さんの仕事がうまくいってないのに、お母さんが買い物好きで。だからお母さんが宝《たから》くじで十億円を当てますようにってお願いするよ」

隆はみんなの前で飴をなめながら、「十億円当たりますように」と何度も言った。

するとの翌週の宝くじで、隆の母親は本当に十億円を当てた。

「すごいよ、あの神さま、本物だったんだよ」

次に飴をなめたのは有希だ。

「十一月末に、アイドルの全国オーディションがあるの。優勝してアイドルになる」

「いきなり全国優勝をねらうの？」

ダンスが得意な有希だが、全国オーディションともなるとそうかんたんにはいかないのでは、という幸樹の心配をよそに、有希はあっさり優勝してしまった。

十一月の下旬《げじゅん》、神社には幸樹と啓太郎のふたりがいた。啓太郎が幸樹に尋《たず》ねる。

「お前はどうすんの？」

「僕は、塾のテストかな。受験に有利な進学塾に行きたいんだけど、入塾テストが難しくて。啓太郎は？」

「俺はもうお願いしたよ」

「えっ、何？」

幸樹が聞いても啓太郎はにやにやするばかり。

「啓太郎くーん」

女の子の声がして幸樹が振り向くと、そこへやってきたのは、学校一の美人と評判の清水《しみず》ありさだった。

「ありさちゃんとつき合えますように……ってお願いしたんだ」

たしかに啓太郎は以前からカノジョが欲しいと公言しているわりにはまったくモテなかった。それが学校一の美人とつき合うことになったとは。

幸樹は、呆《あき》れるような、感心するような思いでふたりを見送った。

（三人とも願いが叶ってよかったな。あとは僕の入塾試験だけか……）

しかし入塾テストの前日になって、隆が泣きながら幸樹に電話をかけてきた。

幸樹は、すぐに神社に集まるよう全員に連絡した。

「お父さんとお母さんが離婚するって。毎日けんかばかりしてるんだ」

隆の話を聞いてみると、借金を返しても余りある多額のお金をめぐって、両親は毎日言い争いをしているらしい。

「こんなことになるなら、お金がないころのほうがよかった。離婚は嫌だよ」

しょんぼりする隆の声を聞いたせいか、隣で有希も泣き出した。

「私も……。レッスンが厳しくてつらい……。歌もダンスも難しいの。私ひとりができないでいると、みんな『あの優勝はお金で買ったんじゃないか』ってかげ口を言うし」

そこへ啓太郎が、腕にギプスをはめてやってきた。顔は青黒くはれている。

「啓太郎、そのケガどうしたんだ」

「ありさの元カレにやられた。人の女を取るなって。ありさ、ガラの悪い連中とつながってたみたいで……。もう学校行けないよ」

幸樹はうなだれている三人の顔を見て、あわれな気持ちになった。どうやら願いごとを叶えてもらっても幸せになれるとは限らないようだ。

期限最終日の十二月三十一日まで悩み、その日の夜、幸樹は飴を口に入れた。

隆が手をあげる。

「僕、お母さんが買った宝くじが当たるようにお願いするよ」

(成功だ!)幸樹は自分の目の前に、三か月前の隆、有希、啓太郎がいることを確認するとほっと胸をなでおろした。

幸樹は『三か月前に戻ってもう一度願いごとをやり直させてくれ』と願いながら飴をなめたのだ。

「幸樹、聞いてる?」

隆がきょとんとした顔で幸樹を見る。

（これは僕の願いだから、僕だけ記憶が残って、みんなの記憶は消えているんだ）

「実はね、うち、借金があるんだ。お父さんの仕事がうまくいってないのに、お母さんが買い物好きで。だからお母さんが宝くじで十億円を当てますようにってお願いするよ」

「やめとけ！」

幸樹の強い口調に、隆はびくっと身体を震《ふる》わせた。

「あまりお金が多すぎると、争いの種になる。お父さんの借金っていくらなんだ」

「八百万……」

「じゃあ、一千万にしとけよ。それくらいがちょうどいい」

「でも……あって困るもんじゃないし」

「困るよ、ぜったい困る。お金で人は人格《じんかく》が変わることもあるんだ」

隆は、幸樹の言う通り「一千万円が当たりますように」と言いながら飴をなめた。

同じように、有希には全国オーディションはあきらめさせ、市営ホールで上演される「市民ミュージカル」のオーディションに応募させた。それならほどよく楽しいだろう。

「それから、啓太郎、清水ありさはダメだ。彼女は交友関係が好ましくない。同じクラスの道川萌絵《みちかわもえ》にしておけ」

「ええっ、俺、まだ何も言ってないよ」

「わかるんだよ。とにかく清水ありさはダメだ。ぜったいダメだからな」

「よくない噂《うわさ》があることを知ってはいたけど……」

数日後、幸樹は一緒に下校する啓太郎と道川萌絵を見て安心した。

(三人ともよかったな)

幸樹は今回も、全員が幸せになれることに自分の願いごとを使いたいと考えていた。しかし面と向かってそう言うのはテレるので、十一月の末、啓太郎に「お前はどうすんの?」と聞かれた時は「まだ決めてない、十二月の入塾テストかな」と適当に答えた。


十二月、幸樹の入塾テストの日、隆、有希、啓太郎が神社で幸樹を待ち伏せていた。

幸樹を見ると啓太郎は「お前、願いごとは『入塾テスト合格』にしたのか? なら落ちるぞ」とうす笑いを浮かべながら言った。

「えっ、どうして？」

「お前、うざいんだよ。人の願いごとに口出ししたりして」

その言葉に隆と有希も続く。

「やっぱりもっとお金が欲しいと思ったんだ。借金を返してお父さんが車を買ったら、もうお金がないんだ。ゲーム機も新しい自転車も欲しかったのに」

「私も。市民ミュージカルなんて、近所の人しか見に来ないのよ。スカウトなんてされないの。それなら全国オーディションのほうがよかった。デビューするきっかけさえあれば、あとは努力するだけだもの」

啓太郎は幸樹の前に仁王立《におうだ》ちになる。

「道川萌絵にしておけ、なんて偉そうに。あの程度の女子なら、神さまに頼むほどでもない。だから俺の願いは使わなかった。道川萌絵には自分で告白して、俺は『願いごとを言う期限を早めて十一月三十日までにしてほしい』って願ったんだ」

三人がにやにや笑い出す。

「だからお前の願いは叶わない。この半月、お前の姿を見ているの、おもしろかったぜ」

幸樹は深く息を吐《は》いた。

「だから啓太郎は二週間でフラれたのか。おかしいと思っていたんだ。フラれた時にはもう、そのくだらない願いごとをしたあとだったんだね。……きっときみたちのような人間はいくら願いごとが叶っても、必ず不満を言うんだろうね」

そして幸樹は三人にこれまでの経緯をすべて話した。

「というわけで、僕はこの三か月間を二回経験しているから、入塾テストの問題もその答えも知っている。だから合格して当然なんだ。合格《ごうかく》を願うと言ったのはウソだよ。はずかしいから黙《だま》っていたけど、あの時にはもう願いごとを言っていたんだ『僕と、僕が大切に思う人たちが、一生幸せに暮らせますように』って。この瞬間まではきみたちも『僕が大切に思う人たち』だったんだけどね」

幸樹は三人を残して入塾テストへ向かった。

その後、幸樹は塾でも学校でもすぐに新しい仲間ができて、幸せにすごしている。

夢《ゆめ》の中

咲子《さきこ》は、幸せな気持ちで目覚めた。

どんな夢を見ていたんだっけ？　とっても楽しい夢だった気がする。咲子は、ぼんやりとかすんでいく記憶《きおく》をたどった。

ああ、そうだ。また、あの人が現れたんだ。

咲子の夢の中に、最近よく現れるようになった人物がいる。

仕立てのよい背広を着ていて、かっぷくのよい、五十代後半くらいの紳士《しんし》。

紳士は夢の中で、咲子のことを「お嬢さん」と呼ぶ。

あの人、いったいだれなのかしら？　芸能人でもないし、親せきでもない。どこかで会ったことがあるのかしら？　なぜ、しょっちゅうわたしの夢の中に現れるのかしら？

紳士はいつも、咲子の話をよく聞いてくれた。そして、とてもおだやかな口調で、自分の意見や感想を述べた。

話題は仕事に関するものが多かったが、時には友人関係の話、恋愛の話、政治や世界情勢の話にまで及ぶこともあった。咲子は紳士の言葉を聞いているうちに、自分の考えが浅はかだと感じることもあったし、自分はまちがっていない、と背中を押されることもあった。

咲子は今まで、自分の意見や悩みを人に打ち明けるのが苦手だった。しかし、その紳士になら、何でも話すことができた。もちろん、夢の中だからということもあるだろうが、もし現実に彼がいるなら、夢の中と同じように、何でも話すことができるような気がしていた。

とある土曜日の午後。咲子は友人の結婚パーティーに出席していた。

咲子は今年、二十七歳になる。去年あたりから、中学や高校の同級生の結婚式に招かれることが多くなった。

美しいウエディングドレスに身を包み、幸せそうに微笑む友人の姿を見て、咲子はため息をついた。

咲子にも、恋人はいる。でも、結婚の話はまだ出ていなかった。彼が自分との結婚について考えたことがあるのかどうか、それすらも聞いたことがない。

いつかはするつもりだが、まだ早いと考えているならいいけど、自分とは結婚するつもりがないと言われたらどうしよう？

この話題には触れられないまま、いたずらに時間が過ぎていたのだった。

その日の夜。咲子はまた夢を見た。

霧《きり》のような、雲のような、白くもやもやしたものが立ち込める中を歩いていくと、やがて急に視界がぱっと明るく広がるところに出る。

例の紳士は、いつもここにある岩のようなかたまりに腰かけて、咲子を待っていてくれた。

「やあ、お嬢さん」

「こんばんは」

咲子が今日、紳士に聞いてもらったのは、もちろん結婚についての悩みだった。

紳士はいつも通り、時折あいづちを打ちながら、咲子の話を聞いてくれた。咲子が話し終わると、おだやかな口調でこう言った。

「やはり、恋人に聞いてみるのが一番ではないでしょうか？」

「でも、彼がまだわたしとの結婚を考えていないとしたら、わたしのことをうとましく思うんじゃないでしょうか？」

咲子が不安そうに尋《たず》ねると、紳士は、

「彼のことが大切なんですね」

と言って微笑んだ。

「もしかしたら、恋人にも何か、結婚を言い出しにくい事情があるのかもしれませんよ」

「たとえば、どんなことですか？」

「家族の体の調子が悪いとか……」

「そんな可能性を考えたら、ますます言い出しにくいわ」

「いやいや、それでも、あなたのお気持ちを知ることは、彼にとってはうれしいことだと思いますよ。あなたは今までも、あまり自分の考えを伝えてこなかったのでしょう？　今すぐに、実現できるかどうかは別として、あなたの正直な気持ちを知ることは、彼にとって喜ばしいことだと思います」

夢の中の紳士の言葉に、咲子は勇気をもらった気がした。

そして、次の日、ついに恋人へ結婚に対する自分の思いを打ち明けたのだった。

それを聞いた彼は、紳士が言ったようにとても喜んでいた。

「咲ちゃん、ありがとう！　そんなふうに言ってもらえて、うれしいよ。ぼくも咲ちゃんと結婚したいと思ってたんだ。でもね、今はちょっと……」

「どうして？」

「うん、そのうち話そうと思っていたんだけどね。ぼくの父がもう長い間入院していて、ずっと意識がないんだよ」

「そうだったの。ごめんなさい、そんな大変な時に……」

「いや、もう長いこと、ずっとこの状態が続いていて。だから、咲ちゃんには言うタイミングを逃していたんだ。よかったら、一緒にお見舞いに行ってくれる？　多分父の反応はないと思うけど、咲ちゃんのこと紹介したいから」

「もちろん行くわ」

休日、咲子は恋人とともに、彼の父のお見舞いに行った。ベッドの上にいたのは、人工呼吸器をつけられ、げっそりと痩《や》せほそった男性だった。

「初めまして。早川咲子といいます」

と話しかけたけれど、特に反応はなかった。

その数日後、咲子は恋人からの電話で、彼の父親が亡くなったことを聞いた。

お通夜《つや》に出かけた咲子は、遺影《いえい》を見た瞬間、その場に固まってしまった。

「ああ、これね。先日会った時とは別人みたいでしょ？　お父さん、今の病気で入院する前は、こんなふうにかっぷくがよかったんだ。元気なころの写真がいいねってみんなで話して。ちょっと若いんだけど」

なつかしそうに言う彼の横で、咲子はぽろぽろと涙をこぼしていた。

遺影の人物こそが、まぎれもなく夢の中に出てきた紳士だったからである。

その夜、咲子は久しぶりに夢を見た。紳士は、いつもの場所に腰かけて、咲子を待っていてくれた。

「咲子さん、あの時、ごあいさつを返せなくてごめんなさい。息子をよろしくお願いしますね」

そう言っておだやかに微笑むと、紳士は消えてしまった。それからは、夢の中でも二度と紳士に会うことはなかった。

入れ替わりジュース

「だれにも言うなよ、田崎《たさき》。実は俺、大変なお宝を持っているんだ」

友人の木村《きむら》が声をひそめて俺にそう言ったのは、土曜日の午後。男ふたりでアニメ映画の話題作を観《み》に行った帰りだった。高校二年にもなって、休日を男友だちとすごしているのは物悲しいが、彼女がいないのだからしかたがない。

「なんだよ、大変なお宝って。声優の握手券《あくしゅけん》か？」

俺は木村の話を上《うわ》の空《そら》で聞きながら、映画館で買ったポップコーンを頰張《ほおば》っていた。

街中の公園。俺と木村が座るベンチの前を、手をつないだカップルが通り過ぎていく。

「世の中、本当に男女の比率は半々なのかな」

俺は、ため息をついて言った。

「あーあ。かわいい女の子とつき合ってみてーなー。さっき観た映画の主人公みたいに、女の子と心が入れ替わって恋に落ちるとか、都合のいいこと起きねーかなー」

するると、木村が大きくうなずいて俺のほうへ身を乗り出した。

「そこだ。それでこの、入れ替わりジュースだ」

腰につけたバッグの中から小さなガラス瓶《びん》を取り出し、俺の目の前に差し出す。

「入れ替わりジュース？」

ピンクの液体が入ったガラス瓶に触ろうとすると、木村が「気安く触るな」と俺をけん制した。

「大切に扱え。ひいじいさんが、ひと瓶だけ残してくれた、特別な薬だ」

木村は小瓶を注意深く持ち、目を細めて言った。

「俺のひいじいさんは、マッドサイエンティスト……いや、変わり者の科学者だった。生涯《しょうがい》をかけて薬の研究に没頭《ぼっとう》したが、なんとかモノになったのは、たった二種類の薬だけ。ひとつは犬が人間の言葉をしゃべるようになる薬……」

「すごいな。大発明なのになぜ世の中に知られていないんだ？」

「飼い犬がペラペラと家庭の事情を話すと、困る人間が多いからだよ」

「なるほど」

「もうひとつが、この入れ替わりジュース。この薬を飲むと、ほかの人間と心を入れ替えることができる。今観たばかりの映画のようにな」

「マジかよ」俺は半信半疑《はんしんはんぎ》で聞いた。「本当に？」

「本当だ」木村が小さくうなずいた。「一度だけ、ひいじいさんはこの薬をためした。目の前にいた、あこがれのかわいい女の子を見つめながら」

「そ、その子と心を入れ替えたのか！　で、どうなった？　その子がお前のひいばあさんになったとか？」

話に食いついた俺を見て、木村が「いや」と横に首を振った。

「パニックを起こした女の子に速攻《そっこう》ぶん殴《なぐ》られて気絶《きぜつ》した。目が覚めたら、元に戻っていたそうだ。打ちどころが悪くて三日間眠っていたそうだからな。この薬の効果は三日しか持たない」

木村が遠い目をして言った。

「ひいじいさんは、読みが甘かったのさ。想像してみろ、田崎。心が入れ替わった女の子が、ブサメンの体で目覚めたら？」

「ああ……」俺はうめき声を漏《も》らし、犬のボストンテリアに似ていなくもない木村の大きな顔を見た。

「お前のひいじいさんは……」

「俺とそっくりだった……」

木村が、肉厚《にくあつ》の丸い肩《かた》を落とす。

「心が入れ替わった女の子は、イケメンの体で目覚めないとヒステリーを起こすんだ。そんなわけで、俺はこの魔法《まほう》の薬を使うことができない。これこそ、宝の持ち腐《ぐさ》れだ」

「じゃあ、こうしたらどうだ？　女の子と入れ替わらずに、男と入れ替わる。どうせなら、人気絶頂のアイドルとかイケメン俳優と。スポーツ選手でもいい。そして、夢のようにモテまくる三日間をすごすんだ！」

「ダメだ。異性としか入れ替わることができない薬だからな。しかも、相手を間近に見ながら薬を飲まなきゃならない」

「めんどくせー薬だな」

「じゃあ、飲まないでいいんだな？」

「え？」

「お前にこの薬を飲むチャンスをやろうというんだ、田崎。お前はイケメンでもないがブサメンでもない。中の上程度だから、俺よりはマシだろう」

「ええっ！」

俺はベンチから飛び上がり、ついでに木村の足元にひざまずいた。

「ありがとう、ありがとう、大親友の木村くん！　俺が経験したことは、逐一《ちくいち》お前に報告すると誓《ちか》います」

「で、だれと入れ替わりたい？」

木村に聞かれ、俺は思わず顔を赤くして言った。

「一組の……春野《はるの》さんと……」

春野さんは、俺の高校でナンバーワンの美少女だ。あまりにもかわいいから、おそれ多くて話しかけることすらできないほどだった。あの笑顔を思い出すだけで、頭がボンヤリし、胸がドキドキしてしまう。

「頼む。木村。一生、感謝するから」

「ダメだ。高望みすぎる」

木村がピシャリと言った。

「同じクラスの吉川にしておけ」

「吉川かよ！」俺はうなった。

「フツーの顔じゃん。あの程度《ていど》のルックスの女となら、俺だって一生のどこかでつき合えるぞ！」

「まあな。だが、今はまだだれともつき合ったことがないんだから、ぜいたくを言うな。俺だって泣く泣くお前にこの薬を飲む権利をゆずるんだ。使用期限が明日だからな」

俺は必死で木村に頼んだ。

「いいじゃんか！　三日でいいから夢を見させてくれ！」

詰《つ》め寄る俺と、はねつける木村。

「ダメだ！　春野さんには俺もずっとあこがれているんだ！　だったら、薬は渡さない！　ここで俺が飲んでやる。あそこにいるあの子と入れ替わるぞ！」

いきり立った木村が、通りすがった女の子を見ながら薬の瓶を開けた。とっさに、その瓶を奪い取る。

「この際、春野さんじゃなくてもいい、俺が飲む！」

一生に二度とない、この貴重な機会を逃すまいと、必死な俺。

あわてる木村の目の前で、強引にピンクの薬を飲みほそうとした時だ。

「亮太《りょうた》。偶然《ぐうぜん》ね。こんなところで何やってるの？」

後ろから声をかけられ、つい振り向いた。おどろきで口に含《ふく》んだ液体がゴクリと喉《のど》を下る。

その瞬間。俺は、ベンチの前で木村とつかみ合ったままこっちを振り返っている、俺自身を見ていた。

空の小瓶を持ってポカンと口を開けていた目の前の俺が、不思議そうに首をかしげる。

「あら？　どういうこと？　鏡かしら。わたしが目の前にいるわ」

その口調も態度も、子どものころからよく知っていた。

この公園が、スーパーと自宅の間にあったことを思い出す。

母親と心が入れ替わってしまった俺は、両手に食料品の入った買い物袋を持ったまま、ガックリとうなだれた。

二回目の中学生

「先輩、私、プロポーズされたんです！　来年の春には式を挙げる予定なんで、ぜひ出席してくださいね！」

「えっ、ああ、そうなの？　ミホちゃん、おめでとう！」

あれ？　ミホちゃんって、たしか三か月くらい前にカレシと別れたって号泣《ごうきゅう》してなかったっけ？　散々思い出話を聞かされた気がするんだけど。いつのまに新しいカレシできたの？　しかも、そんなにすぐ結婚しちゃうの？

頭の中に「？」マークをたくさん浮かべたままではあったが、ユリはとりあえず、三つ年下の会社の後輩の結婚を祝福した。

ユリは今年三十歳になった。中学や高校の同級生はどんどん結婚していき、最近では会社の後輩たちにも先を越されている。

とはいえ、今すぐ結婚したいというわけではない。でも、恋人くらいはいてもいいのになと思う。もう、かれこれ三年ほどカレシがいない。

中学校時代は男子と話すのも照れくさくて、カレシなんてとんでもないと思っていた。高校は女子校だったから出会いもなかったし、部活に打ち込んでいるうちに三年間があっというまに過ぎてしまった。しかし、大学時代以降は、それなりに男の人ともつき合ってきたので、恋愛経験がまったくないというわけではない。

今、恋人がいないのは、単にいい出会いがないだけなのだ、きっと。

そう思ったユリは、縁結びのご利益があるという神社にお参りすることにした。

神前で手を合わせている時、ふと、中学時代のことが頭をよぎった。

（あーあ、もっと中学時代に男の子にモテてみたかったな。今の経験値を持ったまま、もう一度中学生になれたら、男の子とだって余裕で話せそうなのに……。あ、そんなことはどうでもいいんです。とにかく、すてきな運命の人に出会わせてください！）

と心の中でつぶやいた。

願いごとをし終えて目を開けると、ユリは見知らぬ場所にいた。

どうやら、どこかの中学校の二年生の教室のようだ。ちなみに母校ではない。

何これ、どういうこと？　まさか、タイムスリップしちゃったの？

しかし、教室の壁に掛《か》かっているカレンダーは、さっきまでと同じ年のものだ。トイレへ行って鏡を見ると、そこにいたのは中学時代の容姿をした自分だった。ちゃんとみんなと同じ制服《せいふく》を着ている。でも、中身は三十年の人生経験を持ったまま。

そっか、神社でお願いしたことが叶っちゃったんだ！

でも、本当に叶えてほしかったのは、運命の人に出会うっていうほうだったのにな。

まあ、いいか。どうせ、戻り方もわからないし、多分これって夢だよね。この際、二回目の中学二年生を楽しんじゃおう！

すっかり夢だと思い込んだユリは、ひさびさの中学校生活を満喫《まんきつ》しはじめた。

ところが、ユリの二回目の中二生活は、一夜限りではなかったのである。

その日、ユリは制服のまま、ひとり暮らしのマンションへ帰った。そして、ひと晩眠って朝を迎えたが、ユリの容姿は元には戻らなかったのだ。

そんな状態が、かれこれ二週間も続いた。

会社は無断欠勤扱いになっているのかしら？　心配になって電話してみると、佐山ユリという女性は以前から在籍《ざいせき》していないという。

つまり、この世界には中学生の私しかいないってことなのか。それにしても、いつまでこの生活が続くんだろう？

最初の一週間は張り切って、実際の中学時代には思いもつかなかったことをしてみた。ほんの少しだけメイクをし、制服をおしゃれに着こなして、髪型も毎日変えた。

さらに、どんな男子にも分《わ》け隔《へだ》てなく、優しく接するようにした。

その結果、同級生の男子たちの大半が、ユリのことを好きになってしまったのだ。

しかし、いくらチヤホヤされたところで、しょせんは十六歳も年下の少年たちである。

ここでどれだけモテたって、しょうがないのよね……。

そんなふうに思っていたユリが彼のことを知ったのは、中学校生活にすっかり飽《あ》き始めていたころだった。

「ユリちゃん、見た？　隣《となり》のクラスに転校してきた男の子、すっごくカッコよかったよ！」

「そうそう、ちょっと大人っぽくて、ユリちゃんにお似合いって感じ！」

「ホントに？」

十六歳年下の女友だちふたりに腕を引っ張られて、ユリはしかたなく隣のクラスへと足を運んだ。

はいはい、どうせまた声変わりもしていない、女子みたいな男子なんでしょ。

そんなことを思いながら顔を上げた先に、とても穏やかな雰囲気の男子がいた。

見た目はたしかに中学生なのだが、ほかの男子よりもずっと落ち着いている。

「高田《たかだ》くん、この子がさっき話したユリちゃんだよ！」

友だちがそう声をかけると、名前を呼ばれた男子は、ユリのほうへ向き直った。

「ユリさん、はじめまして。高田です。みんなが、きみのことを人気者だって言っていたよ。たしかにすてきな人だ。よろしくね」

高田くんのあまりに紳士的《しんしてき》なあいさつぶりに、中二女子たちはいっせいに頰《ほお》を赤らめた。そして、なんとユリも……。

この人、なんて感じがいいのかしら。中二男子に、まさかこんな人がいるなんて！

ユリは、高田くんと急速に親しくなっていった。

高田くんと話していると、とても中学生と話しているとは思えない。楽しいし、それにちょっとドキドキする。

そのうちに、ユリは、自分がどんどん高田くんに惹《ひ》かれているという事実に気づいてしまった。

でも、相手は中二よ。十六歳も年下なのよ。本気で好きになってどうするのよ？

ある日の放課後、たまたま昇降口で鉢合《はちあ》わせたふたりは、一緒に帰ることにした。

ユリの心臓は、今までの人生でこんなにドキドキしたことはないというくらい、高鳴っている。顔が熱くて、高田くんのほうを見ることすらできないが、彼が歩調を合わせてくれているのがわかった。並んで歩いていると、高田くんに近いほうの体半分が、しびれているような気がする。

「ユリさんって、好きな人いる？」

ふいにそう聞かれて、ユリの心臓は危うく飛び出すところだった。

「どうして、そんなこと聞くの？」

「どうしてって、ぼく、きみのこと……」

高田くんが立ち止まって、ユリのほうをじっと見つめている。

これって、ぜったい告白されるパターンだ！　うれしいけど、どうしよう？

そう思ったユリだったが、その耳に聞こえたのは意外な言葉だった。

「いや、ごめん。忘れて」

季節は夏の終わりごろだった。制服の半袖《はんそで》のシャツから伸びた高田くんの細い腕には、小さなほくろが七つ、ちょうど北斗七星《ほくとしちせい》のような形をして並んでいた。

次の朝、目を覚ますと、ユリは三十歳の姿に戻っていた。

自分がこの数週間、中学生だったことは覚えているが、制服もなくなっていたし、自分が昨日までどこの中学校にいたのかも、どうやって通っていたのかも思い出せなかった。担任の先生の名前も、クラスメイトの名前も、そして、あんなに気になっていた隣のクラスの彼の名前も、すべて記憶から削除《さくじょ》されていた。

会社へ行って確認したところ、ユリはどうやら昨日まで休むことなく出勤していたようだった。

いったい、あの日々は何だったのだろう？

顔もよく思い出せないけど、あの彼が運命の相手だったのかな？　日本中の中学校を探したら、また会えるのかしら？　でも、私の見た目はもう中学生じゃない。再会できたところで、十六歳も年上の女性を中学生が相手にしてくれるわけがない。

ユリは落ち込みつつも、社会人としての日常に戻っていった。

ある日、取引先の会社の担当者が部署を異動することになり、新しい担当者がユリのところへあいさつに来た。

新しい担当者は、ユリと同じ年齢の感じのよい男性だった。

この人、あの時の彼に雰囲気《ふんいき》が似ている気がする。彼が三十歳になったら、こんな感じかもなあ。

ふたりは仕事の打ち合わせなどで、何度か会うようになった。しかし、あくまでも仕事上の仲間という関係のまま、月日が流れた。

ある夜、打ち合わせ後に夕飯をともにした時、なんとなく恋愛話になった。すると、相手がこんなことを口にしたのである。

「変な趣味だと思わないでくださいね。ぼくは最近、中学二年生の女の子を本気で好きになってしまったんです。あなたは、その子に雰囲気が似ているんですよ」

「変だなんて……。だって、私もつい最近、中学生の男の子を……」

と言いかけて、ユリは半袖のシャツから伸びている彼の腕に、小さなほくろが七つ、ちょうど北斗七星のような形をして並んでいるのを見つけた。ユリは、例の彼の名前も顔も忘れていたが、なぜかそのほくろのことだけはしっかりと覚えていたのだ。

「もしかして、あなたは最近、中身はこの歳のままで、外見だけ中学二年生としてすごしていたんじゃないですか？」

「えっ、なんで知ってるんですか？　そうです。そろそろ結婚相手に出会えたらいいなと思って縁結びで有名な神社へ参拝した時に、中身がこのままで中学生に戻ったらどうなるかなって、ちらっと思って。そしたら、ほんとに中学校にいて……」

「実は、私もそうなんです！　いきなり中学生になって、あなたに雰囲気が似ている男の子を本気で好きになって。その腕のほくろ、その子にあったのと同じ！」

「じゃあ、ユリさんがあの女の子なんですね？　じゃあぼくたち、中身は三十歳同士で恋をしていたってことですね！」

　こうして、ふたりはつき合うことになった。

　そして、ちょうど一年後、例の神社で結婚式を挙げたのだった。

熱血教師

圭介《けいすけ》のクラス担任の秋岡《あきおか》先生は、中学校内でも有名な熱血教師だ。いつも白い半《はん》袖《そで》のポロシャツに白いジャージのズボンをはき、フットワークも軽く校内を巡回《じゅんかい》している。悩みのある生徒を救おうと、常に目を光らせているのだ。

秋岡先生は、けんかをしている男子生徒を決して見逃さない。もれなく彼らをグラウンドに連れていってこう叫ぶ。

「何本シュートを決められるか、それで勝負しろ！　さあ！　俺がキーパーだ！」

授業中も机に両手をついてクラスのみんなを見渡し、青春について熱く語る。

「いつでも俺に気持ちをぶつけてこい！　すべて受け止めてやる！」

居眠りや早退などしようものなら、その後何時間も徹底的に悩みを聞かれ、元気を出せと励まされる。

「秋岡さぁ、ウザいよな。いい加減、みんなドン引きしてるって気づけよ」

昼休み、だれもいない音楽室で、圭介の友人、陸《りく》がうんざりしたように言った。

「今時、熱血教師って何だよ。大昔のテレビドラマと一緒に死滅《しめつ》した人種じゃん」

「あー、すげーわかるわー。ゆるく生きさせてほしいよな」

圭介が同意すると、陸はスマートフォンでメールを打ちながらため息をつく。

「昼休みでも教室でダラダラしてらんねーし。マジかんべんだわ」

「陸《りく》、スマホ隠しとけよ。校内持《も》ち込《こ》み禁止じゃん。秋岡に見つかったら大変だぞ」

圭介がそう言った時だ。音楽室に、よく通る大きな声が響き渡った。

「お前たち、昼休みにこんなところで何をしている？」

秋岡先生が戸口のところで仁王立《におうだ》ちし、腰に手を当てて圭介たちを見ていた。

「うわ……！　ヤバ」

陸が大あわてでスマートフォンをポケットに隠す。すると、秋岡先生がつかつかと歩み寄ってきて、気まずそうな顔で窓の前に立っているふたりに言った。

「横沢《よこざわ》圭介と飯田《いいだ》陸じゃないか。どうした？　中学二年生の昼休みのすごし方といえば体育館でバスケと決まっているのに、音楽室に閉じこもってじっとしているなんて」

秋岡先生は、ふたりの顔を交互に見ると、陸の顔に目を留めた。

「飯田。隠しごとをしている目だ。そんなにおどおどして。何があった？　ん？」

「何でもありません。ちょっとおしゃべりしていただけで」

ポケットの中のスマートフォンが気がかりな陸は、しどろもどろに答えた。

秋岡先生の太い眉《まゆ》がピッと上がる。

「教師になって二十年。この俺に、お前の悩みが見抜けないとでも思うのか」

陸は、緊張で汗だくだ。圭介が同情を寄せた時、陸が思いついたように言った。

「あのう。そう、実はですね、今、横沢くんの相談に乗っていたんです！」

「へ？」

あっけにとられ、圭介は思わず陸を見た。後ろめたさからか、陸の視線が泳いでいる。陸め！　俺をスケープゴートにしたな！

圭介はあわてて言った。

「ち、ちがいます！　お、俺、飯田に何も相談なんかしてません！」

秋岡先生はまっすぐに圭介の目を見つめ、すべてを承知《しょうち》したようにうなずいた。

「友だちにすら相談できない深い悩みを抱《かか》えているということか。そうだな？　横沢」

熱血スイッチがオンになった秋岡先生に、もはや言いわけはきかなかった。

「俺が悩みを聞こう。放課後、国語教官室に来い。ふたりだけで話そう」

それからフッと笑い、圭介の肩をポンと叩《たた》く。

「大丈夫だ。心配するな、横沢。……俺がいる」

秋岡先生が音楽室を出て行ったとたん、陸は両手を合わせて圭介に平謝《ひらあやま》りした。

「悪い！　マジ、悪い！　スマホ、取り上げられたらヤバいし、思わず」

「まー、もういいわ。今回は許してやるよ。秋岡の話、頭下げて聞いてくるわ」

腹は立つものの、けんかはしたくない圭介だ。そして、放課後になった。


「本当に、悩みはないのか。横沢」

国語教官室の椅子《いす》に腰かけ、秋岡先生が熱心に聞いた。

「はぁ。なんにも。本当になんにも悩みはないんです」

「俺を信用してくれ、横沢。俺は、お前たち生徒全員の幸せを心から願っている。一点の曇《くも》りもない明るい笑顔で、かけがえのない青春時代をすごしてほしいんだ」

このやり取りを、もう二時間も続けている。

圭介はだんだん面倒になってきた。どうしても、悩みがあると認めないと帰らせてもらえないらしい。そこで圭介は、口から出まかせを言うことにした。

「実は、俺じゃなくて母に悩みがあるんです。それで俺も暗くなっちゃって」

いくら秋岡先生でも、圭介の母親の悩みに立ち入ることはできないだろう。

「お前のお母さんに……？」

秋岡先生の表情が曇る。唇《くちびる》を引き結んで考えていた先生が、決意を込めて言った。

「わかった。これから先生も一緒にお前の家に行こう。お前がお母さんを心配し、これほどに悩んでいることを、俺から話してやる」

「ええっ！　ちょ、ちょっと待ってください、先生！　母は秘密にしたいみたいなんで！」

圭介は大あわてだ。秋岡先生の熱血度合いを見くびっていた。もう、どうすることもできないまま、圭介は秋岡先生と一緒に家へ向かうことになった。


「ただいまー」

圭介が玄関を開けて小声で言うと、廊下《ろうか》の向こうから母がのんびりと歩いてきた。

「おかえり、遅かったわねー、圭介。お夕飯、もうできてるわよー。あら……？」

圭介の横に立つ、白いジャージ姿の教師をおどろいて見る。

「秋岡先生。圭介が何か？」

秋岡先生はズイッと前に出て、圭介の母に切り出した。

「お母さん。圭介くんの悩みをご存《ぞん》じですか？」

「え、え、ええ？　何でしょう」

突然家に来た教師に真顔で尋《たず》ねられ、圭介の母がうろたえた。

「圭介くんは……お母さん、あなたのことで深く傷つき、悩んでいるんです。友だちにすら、心の内を見せることができないほどに。原因は、あなたが持っている秘密です」

秋岡先生は、圭介の気の毒な境遇を想像したらしく、涙を浮かべ、唇を震わせた。

圭介はこの場をどうしたらいいものか途方に暮れ、玄関でうつむいていた。母は相当動揺しているらしく、「私の秘密？　ああ、どうしましょう」とか、「先生に来ていただくほど悩《なや》んでいたなんて」と真っ青になってつぶやいている。

先生は母を諭《さと》すように言った。

「お母さん。正直に告白してください。圭介くんはもう十四歳。きちんと話せばわかる年ごろです。親の隠しごとに、子どもが気づかないと思いますか？」

玄関先に、重苦しい沈黙が下りる。すると、母が突然ワッと泣き出した。

「ああ、ごめんなさい、圭介。あなたが気づいていたなんて……」

母は涙を流しながら玄関先に崩《くず》れ落ちる。

「もっと早くに言うべきだったわ……。圭介、あなたはお父さんの子じゃないの」

「は？」

圭介はポカンと口を開け、泣《な》き濡《ぬ》れる母を見た。

その時、玄関のドアが開き、圭介の父親が帰ってきた。公務員である父は、毎日きっかり五時半に帰宅するのだ。

父は泣き崩れる妻と、担任教師とともに立っている息子を見て顔色を変えた。

「ど、どうしたんだ！　何があった？」

秋岡先生が、つらそうに唇を震わせ、父に言った。

「お父さん。言いにくいことですが、ご家庭の秘密に圭介くんが気づいてしまい……」

「け、圭介」

父が動揺して圭介を見た。

「お前、もしかして、父さんがとっくに役所をクビになっていたこと、知っていたのか」

父はかけていたメガネをはずし、込み上げた涙を隠すように目頭《めがしら》を押さえた。

「すまん。圭介。不甲斐《ふがい》ない父さんを許してくれ」

予想もしなかった展開に、圭介は呆然《ぼうぜん》としてつぶやいた。

「何これ。マジかよ？」

家の中には、おいしそうな夕飯のにおいが漂《ただよ》っている。

「今日は焼き魚か。心づくしの夕飯だな……」

秋岡先生が目を閉じ、大きく息を吸い込んで言った。

「うむ。これで、一歩前進した。本音をぶつけ合い、おたがいを理解《りかい》し合う。……いい家族だ。きっと、みんなで乗り越えていける。な？　横沢」

無言の圭介の肩《かた》を、ポンと叩く秋岡先生。

熱血教師は笑顔で白い歯を見せると、「じゃあな！　明日、学校で！」と言って手を振り、爽《さわ》やかに玄関から立ち去っていった。

蝋《ろう》人《にん》形《ぎょう》の館

とある町に、「蝋人形の館《ろうにんぎょうのやかた》」と呼ばれる古い大きな家があった。

こんなふうに呼ばれるようになったのは、だいぶ前に亡《な》くなったこの家の持ち主が、趣味《しゅみ》の一環《いっかん》として蝋人形を集めていたためだ。

持ち主をなくした館にはツタがびっしりと絡《から》まり、庭木がうっそうとしげっている。昼間でもうす暗く、近寄る人はめったにいない。

しかし、持ち主の遺言で、蝋人形が盗まれたり、いたずらされたりしないように、深夜の時間帯だけ警備員が見まわることになっていた。

その警備員というのが、この私だ。

私は、長年勤めている警備会社からこの館に派遣されている。

いつからかこの町の人々の間に、こんな噂《うわさ》が流れていた。

この館にある三十体近くの蝋人形のうち、一体だけが夜中になると動きまわるという……。

私はここに派遣されてから、毎日のように夜中の見まわりを続けているが、歩きまわる蝋人形に出くわしたことは一度もない。

だが、この噂を信じて、夏になると夜中にきもだめし感覚で館を訪れる若者がいるため、だれもこの館の中にしのび込んだりしないよう、私が目を光らせている必要があるのだ。

ある蒸し暑い夜のことだった。

私はいつもの時間になると、蝋人形が飾ってある大広間へ行き、巡回し始めた。

紺色《こんいろ》の制帽・制服姿で、手には懐中電灯、腰には警棒《けいぼう》というスタイル。

しんと静まり返った大広間に、カツーン、カツーンと自分の足音が響く。

もし、あの噂が本当で、ここにもうひとつ別の足音が聞こえてきたら……。

そう思うと、急に背筋《せすじ》が寒くなった。

いやいや、そんなはずはない。今までそんなこと一度だってなかったのだから。

私は自分で自分を励ますと、蝋人形に異常はないか、懐中電灯で一体一体照らしながら確認していった。

歴史に名を残す伝説の人物。

ハリウッドの映画俳優。

とある国の権力者。

大記録を何度も樹立したスポーツ選手。

世界中でその曲が歌われているミュージシャン。

子どもから大人までその名が知られている作家。

美術の授業で必ず作品が紹介されるような画家。

いずれもだいぶ前に亡くなってしまった人たちばかりだ。ほかにも、どこかで一度は目にしたような人たちの人形がほとんどだが、それにまじってちっとも有名ではなさそうな人たちの人形もいくつかある。

どちらにしても、顔の表情や服のしわまで、今にも動き出しそうなくらいリアルに作られている。もちろん、どれも動いたりはしない……はずだが。

カタン――。

突然、物音がして、私は思わず飛《と》び跳《は》ねそうになった。

あわてて、音がしたほうを懐中電灯で照らす。

「だ、だれかいるのか？」

できるだけ語調を強めて言ったつもりだったが、その声は頼りなく、闇《やみ》に吸い込まれていくだけだった。

私は気を強く持って、音がした廊下《ろうか》のほうへと歩いていった。窓から月あかりが差し込んでいて、大広間よりもいくらか明るい。

少しホッとして、窓の外を確認したが、特に異常は見られなかった。

廊下に視線を戻すと、懐中電灯の光の中に重そうなドアが浮かび上がった。この館の持ち主だった人物の部屋のドアだ。

これまでこの部屋のドアを開けてみたことは、一度もない。

私の任務は、大広間の蝋人形に異常がないかを確認することだけだから、そもそもこの部屋の鍵を持っていないのだ。

なんだかあの部屋には、今もこの館の持ち主がいるような気がしてならない。

彼は生前、毎日夜中になると大広間へやってきて、蝋人形に異常がないか確認していたのだという。

もしかしたら、夜中に動きまわると噂になっているのは蝋人形ではなくて、この館の主の魂《たましい》なのではないだろうか。

そして、その魂は、今もあの部屋に取り残されているのではないか。

そんなことを考えていた時、少し離れたところにある窓の外から再び物音が聞こえた。

急いで物音がしたほうへ向かい、窓のすぐ脇《わき》の壁にぴたりと身を寄せて様子をうかがう。

すると、何やら話し声のようなものが聞こえてきた。

どうやら、若いカップルが庭に立ち入り、窓のすぐ外側まで来ているようだ。

「これが例の〝蝋人形の館〟なの？　一体だけ、夜中に動き出すっていう……」

私は苦笑した。

またあの噂を信じてやってきたんだな。

「そうそう。警備員の蝋人形が動くっていうやつ」

それを聞いた瞬間、私は何がなんだかわからなくなった。

警備員の蝋人形？

ここには、そんな人形はないはずだが……。

私は、自分の手を見てハッとした。

本物そっくりに作られてはいるが、この独特のツヤ、形を変えることのない、指や服のしわ……。

ま、まさか⁉　私も？

「足が……足が……動かなく……なって……いく……ああ……手も……」

それきり、警備員の蝋人形は二度と動かなくなった。

恋と毒草とお弁当

史奈《ふみな》は、高校の入学式で恋に落ちた。相手は同じクラスの串本恭一《くしもときょういち》。生まれて初めてのひとめぼれに心躍《こころおど》らせる、楽しい高校生活がスタートした。

ところが、整った顔立ち、長い手足、サラサラの髪、爽《さわ》やかな笑顔の恭一にときめいた女子生徒は史奈以外にも大勢いた。あちこちで「恭一くんカッコいいね」とひそひそ声が聞こえ、史奈は気が気でない。

当の恭一は、そんな女子の視線はまったく気にせず、どちらかというと女子には冷たい態度をとる人だった。かといっていつも冷たいわけではなく、クラス当番や授業中など、用がある時は親切に接してくれる。

手が届きそうで届かない、そんな雰囲気《ふんいき》がよけいに女子たちの気持ちをあおった。さらに、そういう性格だからなかなか特定の彼女ができない、という事実も、みんながあきらめきれない要因だった。

（このまま、遠くから見つめているだけで終わるのはイヤ。なんとかして一歩、恭一くんに近づきたい）

夏休み、史奈は恋愛について猛勉強した。「男の子をその気にさせる方法」「ホレさせる女になる」といったあらゆるモテるためのサイトを熟読し、占いやおまじないサイトに書かれていることを実践した。

そうして『とっておきの両想い作戦』を立て、二学期に臨《のぞ》んだ。

史奈は作戦にそって、まず、二学期のクラス委員決めで保健委員になった。保健委員は、授業中に気分の悪くなった生徒を保健室まで送る役目がある。

【病気の時、気持ちがしずんでいる時に、優しくされると好きになりやすい】とネットで見かけたので、弱った恭一が保健室に行く時に同行するのは、絶好の恋のチャンスだと考えたわけである。

では次に「いつ恭一が授業中に気分が悪くなるか」だが、これは待っていてもらちがあかないので、そのきっかけを自分で作ることにした。

史奈は『身近な野草』という本で雑草《くず》について研究し、道路脇《わき》や川べり、家の周辺に、食べられる草や食べると体調を崩す草が豊富に生えていることを知った。

そして「二、三日間、体調が悪くなる草」を見つけた史奈は、その草を摘《つ》んで帰り「かつお節を多めに絡めたおひたし風」に調理した。食べると三十分～一時間ほどでおなかが痛くなるらしい。もちろん命を落とすようなことはなく、二、三日で自然治癒《ちゆ》する。

これを恭一のお弁当に入れれば、五時間目の途中で、恭一は保健室に行くだろう。保健室までゆっくり歩き、励まし、「授業のノートは私に任せて」と言い、放課後は授業のノートを持って恭一の家に行く。決して恩着せがましくせず、しつこくせず、お礼を言う間もないほど素早く帰って余韻を残す。

この一連の流れを、史奈は夏休みの間に何度も脳内《のうない》シミュレーションしていた。恭一からの告白シーンまで、イメージトレーニングはばっちりだ。

決行は体育の授業が四時間目にある木曜日を選んだ。具合が悪いと体育を見学した史奈は、さらに授業の途中で「体がだるい」といって教室に戻った。

史奈は恭一のかばんからお弁当箱を取り出した。

(ごめんね、恭一くん。この埋《う》め合《あ》わせはカノジョになってから何倍にもして返すから)

素早くフタを開けるとおはしでプチトマトを端《はし》へ寄せて、あいた部分に雑草のおひたしをねじ込んだ。

と、その時、廊下《ろうか》に現れた人影が目に入る。

ガラガラッ。ドアを開けたのは恭一だった。

「あ、ごめん、入ってよかった？　オレ、体操服のズボンのゴムが切れちまって……」

ズボンを押さえながら近づいてきた恭一は、史奈の手元に気がつくと、一転して厳しい表情になる。

「お前、何してんの？」

史奈は恭一のお弁当箱を開け、おはしを手にしたままだ。

「あっ、あの……」

頭が真っ白で、どんな言いわけも頭に浮かばない。「怒られる」と思いきや、恭一は、いつもより優しい口調でいった。

「どした？　腹、減ってんのか？」

恭一は近づいてきて、史奈の前に座《すわ》った。怒ってはいないようだ。

「いいよ、食えよ」

食えって何？　何？　どういうこと？

「弁当、持たせてもらえないのか？」

そのひとことで、史奈は恭一の言った言葉の意味がわかった。恭一は、史奈のことを〝弁当泥棒〟と思ったのだ。事情があって、お弁当を持ってこられない生徒だと考えたのだろう。今の恭一の目は、雨の中に捨てられた子猫を見る目だ。

「あ、あう」

史奈はうなずいた。彼に毒草を食べさせようとしていたのがバレるよりはマシだ。とりあえず誤解されておこう。

「いいよ。腹減ってんだろ。食いなよ」

今まで聞いたことのない、優しい「いいよ」に泣きそうになる。こんな温かい「いいよ」が言える人なんだ、と史奈は感動した。

他人、特に女子とは、必要以上に仲よくしない人だから、うちとけた表情、親しみの込もった声、すべてが初めてだ。

(ほれ直しちゃう……そんなこと言ってる場合じゃないけど)

恭一の視線にうながされて、史奈は弁当にはしをつけた。

「お、おいしい」

「だろっ。今日のハンバーグは、レンコン入れてもらったからな。レンコン好きなんだ」

微笑む恭一に、史奈の心はとろけてしまいそうになる。

恭一の目線がお弁当箱に移るのを見て、史奈はハッとした。

(毒草が見えちゃう!)

史奈は自分が弁当泥棒ではなく毒物混入犯だということを思い出した。もし、恭一が、一品増えていることに気づいたら……。

パク。ムシャムシャ。とっさに食べた。毒草を隠したいという思いから、瞬間的に手と口が動き、史奈は毒草を食べてしまった。

予定通り、お昼に食べた毒草は、五時間目に暴れ出した。予定とちがうのは、恭一のおなかではなく、史奈のおなかが痛くなったことだ。

家に帰っても激痛は引かず、病院に行くと、そのまま二泊三日間の入院となった。食べたものを聞かれたので、家に帰って古い牛乳を飲んだと嘘をついた。

病院で一晩すごした史奈は、昨夜のおなかの痛みを思い出し、こんなものを恭一に食べさせようとしていたなんて……と反省した。

(バチが当たったんだ……)

家からタオルや着替えを持ってきてくれた母親にも申しわけない気持ちが募《つの》る。

夕方になって、病室へ見知らぬ女性がやってきた。後ろに恭一の姿が見える。

（やだっ！　なんでここに⁉　お見舞《みま》いに来てくれたの！）

史奈はベッドの上で飛《と》び跳《は》ねたくなった。

史奈の母親が「中へどうぞ」と誘うが、ふたりは病室の中へ入ろうとしない。

「少しお話が……」

と言って史奈の母親を廊下へ連れ出してしまった。

史奈はそうっとベッドから降りて扉に近づいた。何かおかしい。高校生男子がクラスメイトのお見舞いに、母親とともにやってくるだろうか？

「……ですので、私の持たせたお弁当を史奈さんが食べてしまったらしいんです。それでおなかが痛くなったんだとしたら、私のせいかと思いまして……」

「はあ……、でもどうしてうちの娘がお宅のお弁当を？」

母親のけげんそうな声がする。

（どうしよう！　こういう展開は考えていなかった）

あわてる史奈に、扉の向こうで追い打ちをかけるように、恭一の声がする。

「あのっ、史奈さんに、お弁当を作ってあげてください！」

声の調子で恭一が頭を下げたのがわかった。絶句《ぜっく》している母の様子が目に浮かぶ。

（私のために頭を下げてくれるなんて、さらにほれ直しちゃう！　それどころじゃ

ないけど)

その様子を一部始終、お見舞いに来ていたクラスメイトが見ていたらしい。あっというまに弁当泥棒の話はクラス中に知れ渡り、友だちからメールがくる。

「弁当泥棒の件、間接キスねらいの変態って言われてるけど本当?」

毒草と間接キスとどちらが罪は軽いのだろう。

史奈は母に叱られながら、もう自分には向けられないであろう恭一の笑顔と、彼の誠実な態度を思い出して泣かずにはいられなかった。

駅で待つ男の子

初めてその男の子に出会ったのは、夕暮れ時だった。

西の空は、夕日のオレンジ色が少しずつ濃くなって、東の空はどんどん暗くなっていく。真上には一番星がキラキラと輝いていた。

オレは、街をぶらついていた。

理由は特にない。することがないから、ただ歩いているだけだった。

正直言って、自分のことはどうでもいい気持ちになっていた。自分自身が何者であるか、よくわからなかったから。

そうして駅までたどり着いた。

改札口にある柱にもたれかかり、オレは人の群れをぼーっと見ていた。

帰宅ラッシュの時間帯だ。電車がホームに滑《すべ》り込むと、ホームに人がどっとあふれ、その人たちが階段に流れ込んで、改札から出てくる。

改札を出た彼らは、わき目もふらずに歩き出している。みんな、家族が待つ家に帰っていくのだろう。

人は、朝、電車に乗って仕事や学校に行き、夕方、こうして帰ってくる。これをくり返して一日が、一週間が終わっていくのだろう。

と、柱の脇《わき》の小さな人影《ひとかげ》に気がついた。

この改札口で待ち合わせをしている人はたくさんいた。駅で家族や友だちと落ち合って、夕食でもとるのだろう。でも、その小さな人影は、少なくともオレがこの駅に着いてからの一時間ぐらいは、ずっと動かないでいる。

待ち合わせだろうか。近くに寄って見てみると、そこには男の子が立っていた。年齢は、五歳くらいに見える。そのくらいの歳の子がひとりで駅にいるのはおかしいんじゃないか。

男の子は緑色のTシャツに紺色《こんいろ》のズボンをはいていた。さっと見たところでは裕福そうでも貧乏そうでもない。

オレは想像する。

たぶんこの子は、会社から帰ってくる父親を待っているのだ。

じゃあ母親はどうした？　ああ、きっとお母さんはおなかが大きくて出かけることができないのだろう。もうすぐお兄ちゃんになるこの子は、お父さんと駅の改札口で待ち合わせて、そのあと近くのレストランにでも行くにちがいない。

そんなことを想像していると、オレはだんだんこの子のことが気になってきた。

待っている相手が一時間以上も現れなければ、何か異変があったと考えてもおかしくないだろう。ひょっとして父親は勤め先《つとさき》で急病になって病院に運ばれた？　それとも事故にでもあったのか？　いや、もしそうだとしたら連絡が入るはずだ。

だんだん心配になってきた。

何か事情があって現れないのなら、ほかの家族がこの子にそれを伝えなければならないだろう。もうすぐ夜なのだから、子どもがいつまでも外にいていいわけがない。

声をかけようか。

流れる人の群れの間に、ちょこ、ちょこ、と見える男の子の姿を見ては、自分がどうすべきなのか考えてしまう。でも、いきなり知らないおじさんから声をかけられたら、怪しい人だと思うかもしれない。どうしよう。どうしよう。

やっぱり声をかけよう、とオレは決意を固めた。

流れる人混みをかきわけて、男の子に近づく。

だが彼はオレの存在に気づかない様子で、相変わらず改札口の向こう側、おそらく父親がやってくる方向を見ている。

「ねえ、ぼく」

オレは男の子の脇に立って、おそるおそる声をかけた。

反応《はんのう》がない。あ、声が小さかったのか。こんなに人が多いと、声がかき消されてしまうからな。

「ねえ、ぼく」

さっきより、もっと声を張って話しかけた。

男の子は、それでもオレの存在に気がつかないかのように、まっすぐ前を見ている。

なんだこの子は……。

オレは動揺した。そばにいて大きな声で呼びかけているのだ。これで反応しないとなれば、わざと無視しているということだ。

腹立たしい気持ちが湧《わ》き上《あ》がってくるが、それは早合点《はやがてん》だろう。耳が聞こえない可能性もある。

オレは、思い切って彼の目の前に立って屈《かが》み込んだ。目の高さを合わせたのだ。

これで反応しないのなら、本当に病気か、本当に無視しているか判断できる。

「ねえ、ぼく。さっきから何回も呼んでいるけど……あ」

男の子の目を見てオレはあとずさる。

やはり、オレの目を見ていない。オレがいないかのように、なおも遠くの、改札口の先を見ているような、遠い目をしていた。

この子は、やはり少し変わった子なのかもしれない。そう思うと、オレはこの男の子に対して少なからずの同情と、同時に親しみを覚えていた。

なぜなら、オレも記憶の部分に悩みを抱《かか》えていたからだ。

「リョウイチ」

背後で声がした。振り向くと三十歳くらいの女性が立っていた。

「やっぱりここにいたのね。さあ帰るわよ」

男の子の母親だろう。怒っているわけでも、心配しているわけでもないような話し方だった。

彼女の息子は母親の呼びかけに反応しない。

この男の子は、いつもこの場所に来て、遠くをぼーっと見つめ、こうして迎えにきた母親に手を引かれて帰っていくのだろう。

オレは母子に声をかけることもできず、去っていくふたりの後ろ姿を眺《なが》めていた。

オレは記憶障害を抱えている。

いつからか不明だが、気がついたら街をぶらついていた。

覚えているのは前日のことだけ――駅の改札口で立っていた男の子と、迎えにきた母親の姿だけ。おとといより前のことは、まったく覚えていなかった。

これはどういうことだろう。

オレは途方《とほう》に暮れるしかなかった。

そんなわけで、今日もオレは街をぶらつき、夕方に駅の改札口にたどり着いた。

改札から吐《は》き出《だ》される、人、人、人……昨日と同じ風景が目の前に現れる。

そして、今日もあの男の子が立っていた。

リョウイチと母親が呼んでいた男の子は、遠い目をして、階段を降りてくる通勤客の群れを眺めている。この子の目に、この風景はどう映っているのだろう。

オレは男の子に近づいた。母親が迎えにくるまでは、そばにいて見守ってあげようと思ったのだ。彼の意識の中にオレがいなくても、オレが横にいれば保護者と思って不審者は近づいてこないだろう。

「リョウイチ」

しばらくして、今日も母親が現れた。

「今日もここにいたんだ。パパは帰ってこないよ。行こう」

そう言って男の子の手を取ろうとした時だ。

「いやだ」

小さな声だったが、男の子が叫《さけ》んだ。

「パパが帰ってくるまで、ボクはここで待ってる」

男の子は、母親をじっと見ていた。

オレは少しおどろいていた。この子は、自分の気持ちを表すことができない――

そう思っていたが、ちがっていたのだ。

母親は困ったような顔をして、子どもを見ている。

「あ、あの」

オレは思わず、母親に話しかけていた。

この子はどういった事情で、駅の改札口に立って、父親をずっと待っているのか。

それをどうして、母親は無理矢理に連れ帰ろうとしているのか。

「すみません。この子が昨日もここにいるのを見たんですが……」

あれ、とオレは違和感《いわかん》を覚える。

母親に話しかけても、彼女はオレの声を無視して子どもを見ているだけだった。

「あらあ、花岡さんと、リョウイチくん」

呆然《ぼうぜん》と立っているオレの横に、老婦人が立っていた。

「今日はお出かけだったの？」

「いえ、ちがうんです……」と母親は表情を曇《くも》らせて息子を見る。

男の子は老婦人に笑顔を見せる。

「ボクはね、ここでパパを待ってるんだ。これがボクのパパだよ」

ポケットから写真を取り出して老婦人に見せた。

母親は、息子に聞こえないよう小声で、老婦人に話す。

「夫が事故で亡《な》くなったことを、この子にはまだ言えなくて、きっといつか帰ってくるよって言ってしまって……。だから、この子はこうして毎日、駅で父親の帰りを待っているんです」

赤ちゃんを抱《だ》っこしている母親の写真。

その横には、笑っているオレが写っていた。

ふたりの王女

昔むかしある国に、ふたりの王女がいた。

王さまとお妃《きさき》さまは、どちらの娘も同じように大切に慈《いつく》しんで育てたが、姉王女より妹王女のほうが器量よしで明るい性格だったので、お城の家来たちや国民は妹王女のほうを慕《した》っていた。

この国には王子はいない。ゆくゆくは隣《となり》の国から王子を迎え、王女のうちのどちらかと結婚し、そのふたりでこの国を治めていくことになっていた。

「さて、どちらの王女と、隣の国の王子を結婚させようか」

王さまは考えた。そして、国の東と西に小さなお城を建て、ふたりの王女に言った。

「これから、お前たちはそれぞれ、東の地方と西の地方を治めなさい。よりうまく治めたほうを、この国のあと継ぎとしよう」

姉王女は東のお城、妹王女は西のお城に住むことになった。

東は、海に面した地域で海岸沿いに漁港と果樹園が連なっている。西は、山と平地からなる地域で小麦の栽培と酪農《らくのう》が盛んだ。それぞれ豊かで平和な土地だったので、はじめの年は、ふたりとも困ることなく上手にそれぞれの地方を治めた。

ところが次の年、東の地方で飢饉《ききん》が起きた。寒さでさっぱり魚がとれなくなり、果樹園の木々も枯《か》れた。

姉王女は自分のお城の庭園に布で作ったかんたんな家をたくさん並べ、弱った人々を住まわせた。また自分の財産を使って、民の食べる黒くて硬《かた》いパンをたくさん焼いた。王さまの住む都から民の古着を送ってもらい、村の人に配った。

姉王女みずから汗を流し、パンや古着を配る姿に、東の民は感動し、「この方にこそ、この国を治めてもらいたい」と思うようになっていった。

「さすがお姉さま。私《わたくし》も見習わなくては」

妹王女も小麦など食料を送り、仲のよい姉王女を助けた。

翌年《よくとし》は、西の地方で飢饉が起きた。雨が降らず、小麦が育たない。家畜は、病気が流行《はや》って減ってしまった。

妹王女は、民のためにできるだけのことをしようと心に決めた。

お城の庭に家を作るのではなく、お城の一部を開放して民を住まわせた。自分が食べているのと同じ、白く柔《やわ》らかいパンを焼いて配った。着るものがない娘には、自分の衣装戸棚から好きなものを持っていかせた。

「私《わたくし》の持っているものなんて、すべて差し上げてもいいのよ」

もともと民に好かれている妹王女が気前のよいところを見せたので、人気はますます高まった。

将来、この国を治めるのは妹王女しかいない、とほかの地域の人々も思った。

しかし、そのうち困ったことになった。

飢饉が去っても、民は村へ帰らない。いつまでもお城に住みたがり、白いパンを要求し、娘たちはみな、妹王女の豪華《ごうか》な衣装を欲しがった。

一度知ってしまった快適さは、そうかんたんには手放せないのだ。

「どうして王女さまだけお城に住めるの？」

小さな子どもの言ったひとことがきっかけとなり、お城の中で民による略奪《りゃくだつ》が始まった。「どうして王女さまだけ」「自分も欲しい」「もっと欲しい」。高価なものからそうでないものまで何もかもが奪われた。

民に襲《おそ》われそうになり都へ逃げ帰った妹王女は、帰郷《ききょう》した姉王女に尋《たず》ねた。

「私《わたくし》は何がいけなかったのでしょう？」

「あなたは美しくて明るくて、だれからも愛されて育ったから、人間の嫉妬《しっと》や羨望《せんぼう》というものを知らなかったのですよ」

姉王女は隣の国の王子と結婚し、ふたりは上手に国を治めた。妹王女がその後どうなったのかは、伝えられていない。

イカサマ整体師

マイは、都会での生活にすっかり疲れはてていた。

大都会の洗練《せんれん》された街で働く日々は、田舎《いなか》育ちのマイにとって、最初のうちはとても新鮮《しんせん》で魅力的《みりょくてき》だった。

入社直後に五つ年上の男性社員に告白され、つき合うことにした。彼は何をするにもスマートでカッコよく、一緒にいるだけで自分まですてきな女性になれた気がした。

ところが、入社三年目となる今年、事件は起こった。

同じ部署の女性社員たちが、急にマイに対してよそよそしくなったのだ。

はじめはあまり気にしないようにしていたマイだったが、そのうち耳を疑うような噂《うわさ》を聞いた。彼が自分ではない女性と婚約したというのである。しかも、その相手は、マイと同じ部署の女性だった。

どういうこと？

マイは彼を問いつめた。すると、

「ごめんっ！」

と勢いよく頭を下げられたのである。

「マイのことも好きだけど、彼女とはもう結婚の話が進んでいて……。マイもつらいだろうから、別れよう」

突然の告白に、マイの頭の中は真っ白になった。

彼の婚約者は社長の親せきでもあり、結婚すれば彼の出世はまちがいないという相手だった。

次の日、マイは退職願を提出した。彼女を引きとめる者はひとりもいなかった。

気が遠くなるほど高いビルや、洒落《しゃれ》たデザインの商業施設、雰囲気のよいレストランで食事をするきらびやかな男女たち。

以前はあこがれていたすべてのものが、急に色あせて見えてきた。

山が見たい――。気がつくと、マイは荷物をまとめて新幹線に乗っていた。

実家に帰るのは気がひけた。そもそも上京すること自体、猛反対されていたのだ。すっかり疎遠《そえん》になっていたのに、今さら帰りづらい。

そこで、実家の隣《となり》の県へ行くことにした。新幹線を降りて、在来線に乗り換え、さらにバスに乗って、できるだけ山の奥《おく》へと向かった。

窓から温泉宿の看板が見えたので、マイはそこでバスを降りた。

古びた小さな宿だけど、今日はここへ泊ろう。

宿の中にある小さな食堂で早めの夕食をとって、さっそく温泉へ入りにいった。露天風呂《ろてんぶろ》から眺《なが》める夕日に染まった山々は、都会のどんな景色よりも美しく思えた。

湯上がりに宿の浴衣《ゆかた》を着て、たたみがしかれた広間へ行くと、おばあさんがひとり、つらそうに顔をしかめていた。

「大丈夫ですか？」

近寄って声をかけると、おばあさんは、

「ちょっと、あんた、背中を押してもらえんか？」

と言う。マイはとまどったが、おばあさんはすでにたたみの上にうつ伏せになって待っている。しかたなく、マイはその背中を親指で優しく押しはじめた。

「おお、いいねぇ。あんた、うまいね」

ほめられた。見知らぬ人に。こんなことで思わず涙がこぼれそうだった。

会社にいたころは、土日以外はほとんど休まなかった。人の仕事もたくさん手伝った。失敗をした後輩をかばって、自分のミスだと報告したこともある。

でも、よそよそしくされた。自分は何も悪いことなんてしていないのに……。

そんなことを思いながら、マイはおばあさんの背中をほぐし続けた。

「うん、うん。あんたホントに上手だよ。明日もここにいるかい？」

「あ、はい。今夜ここへ泊りますから」

「じゃあ、明日、友だちを連れてくるから、その人たちももんでやってくれないかい？」

「え？　でも……」

「ただでとは言わんよ、ほら」

おばあさんは、きんちゃく袋から千円札を取り出して、マイに渡した。

「明日ね、お願いよ」

あっけにとられているマイを置いて、おばあさんは行ってしまった。

お金、かせいじゃった。ほんの数分、おばあさんの背中を押しただけなのに。

思ってもみなかったできごとに、マイはちょっぴり救われた気がした。

次の日、宿の食堂で質素《しっそ》な朝食をとっていると、昨日のおばあさんが現れた。彼女はヨネと名乗った。ヨネさんは、おばあさんとおじいさんをひとりずつ連れている。

「少しでいいから、頼むよ。こっちのばあさんは足ね。じいさんのほうは、腰」

「あっ、はい。わたしでよければ」

マイは、宿の自分の部屋に老人たちを招くと、順番にマッサージをした。

実は、マイ自身、会社員時代は肩こりや腰痛がひどくて、腕がいいと評判の整体師のところへ通っていた。そのせいか、なんとなくツボを心得ていたのである。

全員のマッサージが終わると、老人たちはとても感謝して、マイにお金を払った。

それからというもの、毎日だれかがマイを訪ねてくるようになった。ヨネさんが連れてくることもあれば、話を聞いたと言って初めて来る人もいる。

それが一週間も続いたころ、宿の主人がこう言った。

「あの部屋をずっと使ってもらってかまいませんから、いっそのこと仕事にしたらどうですか？」

「仕事だなんて……」

この先、どこかへ行くあてがあったわけでもない。しかも、老人たちの体をほぐしながら話をするのは、とても楽しく、マイにとっても癒《い》やされる時間となっていた。

この村には整体師はおろか、医者すらいなかった。自分のすることが少しでも老人たちの体の調子を整えることにつながるのなら……。

そういうわけで、マイは宿の一室で開業した。

夕方、老人たちが帰ると、マイは宿の主人に車を借りて近くの町まで行き、整体にまつわる本を買ったり、インターネットカフェで情報を探したりした。

毎日のようにマイのもとへやってくる老人たちはだんだん元気になり、

「先生は、すばらしい腕の持ち主じゃ！」

と感謝して、お金を払っていくのだった。

しかし、感謝されればされるほど、マイは罪悪感にさいなまれていった。

わたしはただの素人で、整体師でもなんでもない。体についての勉強だって、最近始めたばかりだ。整体師は資格がなくてもいいらしいけど、こんな付け焼刃《つけやきば》のやり方でお金をもらっているなんて、真剣《しんけん》にやっている人が知ったらなんと思うだろう。

とうとう、マイは老人たちを集めて、自分はイカサマなんだと告白した。

すると、みんなを代表するような形で、ヨネさんが口を開いた。

「勉強してないとか資格がないなんて、わたしらにとってはどうでもいいんじゃよ。先生のおかげで、心と体が軽くなったんだから。それに、わたしらだって……」

ヨネさんの後ろにいた老人たちがみな、なぜかバツの悪そうな顔をしている。そのことには気づかないまま、マイは言った。

「そんなふうに言っていただけるなんて、わたしは幸せ者です。でも、どうしてもいただいたお金を使うことができなくて。これは、みなさんにお返しします」

マイが売り上げをためていたポーチを開くと、そこから出てきたのは、葉っぱや石ころばかりだった。

「えっ、どういうこと？」

マイが老人たちのほうを見ると……なんと、そこにいたのはタヌキの集団だった。さっきまでヨネさんの姿をしていたと思われるタヌキが、みんなを代表してこう言った。

「だますつもりはなかったんだが……。実はな、わたしらはもともとこのあたりで暮らしていたんだが、すぐ近くまで人間たちがやってきてからは、この姿だといろいろと都合が悪くてな。そのうち、人間の姿で暮らすようになったんだが、不自然な姿勢のせいか、体の調子が悪くて。先生にはずいぶん助けてもらったんだよ。でもな、このままニセモノのお金を払っていくんじゃ申しわけないと思っていたところだったんだ。これからは、わたしらが育てた山菜や果物を持ってくるから、それで許してくれないか」

やっと事情を飲み込んだマイは、おかしくてたまらなくなり、おなかを抱《かか》えて笑い出した。こんなに思い切り笑ったのは、本当に久しぶりだった。

そんなマイの様子を見て、タヌキたちも笑い出した。

それからというもの、マイは人間に化けたタヌキたちの治療《ちりょう》をしながら勉強を続け、本格的な整体師となった。タヌキたちが宣伝活動を手伝ってくれたおかげもあって、今では隣の村や町から、人間のお客もたくさん訪れている。

その後、マイはこの村で唯一《ゆいいつ》の人間である宿屋の主人と結婚した。

子宝《こだから》にも恵まれ、大自然の中でたくさんの友だち（タヌキたち）に囲まれながら、楽しい毎日をすごしている。

ぼくとわたしの一生

出会いは早春。彼女の白い肌がまぶしかった。ひと目で、運命の相手だとわかった。彼女も、そう感じたにちがいない。ぼくらは見つめ合った。

ほどなく、ともに、中学校入学式を迎えた。

「一緒に登校できてうれしいよ」

「ええ」

「もちろん、下校も一緒だぜ」

「そうね」

「ぼくら、幸せだね」

彼女は、はずかしそうに、うつむいた。

それ以来、どこへ行くにも、一緒だった。晴れの日も風の日も雨の日も。いつも同じ景色を見た。ああ、少しちがう。ぼくの見る世界には彼女がいて、彼女の見る世界にはぼくがいる。そこだけがちがった。

初めてのけんかは、梅雨《つゆ》のころ。勢いよく真横を走り抜けたトラックのせいで、ぼくは泥水《どろみず》を浴《あ》びてしまった。気持ち悪い。腹立たしさについ、目の前の水たまりをけった。水が跳《は》ね上《あ》がって、彼女にかかった。

「キャッ、ヤダ」

「ごめん」

と、謝りはしたものの、内心ムッとした。ぼくが車道側を歩いてかばってあげたから、彼女は泥水をかぶらずに済んだのに。感謝してもいいんじゃない？

彼女の次の言葉はこうだった。

「あなた、なんだか、くさい」

ぼくは、水たまりを踏《ふ》みつけた。今度はわざと、彼女に泥水が跳ねかかるように。

「ひどいっ」

その日、ぼくも彼女もそっぽをむいて、ひとこともしゃべらなかった。

それでも翌日には、また一緒に登校した。別れるなんて考えられなかった。運命の相手だから。

わたしは彼ほどロマンチストじゃない。運命の相手だなんて思ってもいない。たまたま、隣《となり》にいたのが彼だっただけ。偶然の出会い。

彼とわたしは似ているけれど、同じじゃない。彼は、わたしには、なれない。わたしも、彼には、なれない。

彼は、いつだってわたしをかばっているつもり。けれど、彼がいつも自信満々で一歩を踏み出せるのは、わたしが支えているから。

秋祭りの夜も、彼はなんのためらいもなく、人の波に逆らって走り出した。でも、わたしは走りたくなかった。それに気づかない彼に引っ張られ、つまずいた。人波にもまれ、押し流され、彼の姿を見失った。

わたしは、人の流れから押し出され、道端《みちばた》にうずくまった。目の前を過ぎる足、足、足。こんなにたくさんの人がいるのに、彼がいない。彼の代わりもいない。

ともにすごしてきた時間がよみがえる。積み重ねてきた時が愛《いと》おしかった。いつしかわたしと彼の間に育っていたものを、わたしは胸に抱《だ》きしめる。

わたしたちは、もう終わり？　いつか終わりが来るのは、しかたない。けれど、こんなのはイヤ。最期《さいご》の時まで彼と一緒にいたい。

それは、運命の相手だから……ではない。

彼が、彼だから。

わたしは叫んだ。できる限りの大声で、彼を呼び続けた。やがて、なつかしい足音が駆《か》けてきた。汗と涙でぐしゃぐしゃな彼に、わたしは微笑み、寄りそった。

「お前、強いな。ぼくは生きた心地がしなかった。お前がいなくなったら、ぼくはもう……」

信じていたもの、わたしの声が届けば、あなたは必ず来てくれるって。そしてわたしは、あなたに届くまで呼び続けるつもりだった。

冬の朝。通学路のあちこちに氷が張《は》っていた。彼は氷を見つけては、踏んで割る。滑《すべ》って転びそうになるから、そのたびにわたしが踏ん張って助ける。

「へへ、サンキュ」

「わたしに、氷のかけらを飛ばさないで」

と言ったそばからまた飛んできて、濡《ぬ》れた。そこへ冷たい風が吹きつける。

「おまえと一緒なら、寒さもへっちゃら、へ、へっくしょ」

「あなたのせいで、凍《こご》えそう、くしゅん」

信号待ちで、寒さに足踏《あしぶ》みする。

「お、空から」

「あ、降ってきたね」

それでも、一緒に見上げた雪は、きれいだった。

出会いから一年、再びの春。

どちらも、ぼろぼろだった。白かった肌を思い出せないほどにうす汚れ、シミにまみれ、すり傷だらけだ。

「お前、体が右にかたむいているぞ」

「そういう、あなたは、左にかたむいているわよ」

「それに、お前、けっこう、くさい」

「あなたのにおいもわたしのにおいも、もう同じ」

「ははは」

「ふふふ」

「そろそろ、ぼくら寿命《じゅみょう》かな」

「最期まで、一緒にいられてうれしいわ」

中学校指定の白スニーカーは、靴箱の中で静かに体を寄せ合った。

こんな人間にもなるな

昨夜の飲み会でお酒を飲みすぎた瑞希《みずき》は、会社へ向かう電車に飛び乗った。ラッシュ時を過ぎていたので、乗客はさほど多くない。

二日酔《ふつかよ》いで痛む頭を押さえながら、空いている座席に座る。隣はブレザーの制服に黒いランドセルを背負《せお》った少年だ。

(二駅手前の私立小学校の子か。昼前に学校が終わることもあるんだ)

高学年だろうか、少年は、英語が並んだ洋書を読んでいた。もちろん絵の多い子ども向けのものだが、並んだ英字を見ていると、瑞希は昨夜の自分のバカ騒《さわ》ぎぶりと比較してはずかしい思いがした。

電車が駅に着くと、数人の乗客が入れ替わる。

水色のワンピースを着た小ぎれいなおばあさんが少年の前に立った。

「どうぞ」

少年は瞬時にスクッと立ち上がり、席をゆずろうとした。

「いいの、いいの。私は大丈夫。すぐ降りるから」

おばあさんは座ろうとしない。

少年は、「いいえ、そう言わずに」などと、もうひと押しする勇気もテクニックも持ち合わせておらず、浮かせた腰をどうしたものか決めあぐねて、おかしな姿勢になっている。

「私、いつも座らないの。大丈夫よ」

おばあさんは少年の肩を押して、彼を席に座らせる。少年の顔は真っ赤だ。

(かわいそうに。ありがとう、って言って座ってあげればいいのに)

たしかに水色のワンピースは若々しく、背筋も伸びているから足腰には自信があるのかもしれない。けれど頭は白髪《はくはつ》だし、顔だってシワだらけ、どこから見てもおばあさんだ。

瑞希は、おばあさんをにらみつけたが、おばあさんは気がつかない。

電車は次の駅に着いた。今度は五十代くらいのおばさんがおばあさんの隣、瑞希の前に立つ。

少年と瑞希を見たおばさんは、おばあさんに同意を求めるように言った。

「最近の子は席をゆずらないなんて。ねえ」

するとおばあさんは賛成の意を表すように「ねえ」とにっこりうなずいた。

「それはないでしょう！」

瑞希の頭の中で何かが切れて、思わず立ち上がりながら叫ぶ。

「この子はちゃんと席をゆずりました。このおばあさんが拒否したんです」

乗客の視線が集まるのを感じるが、もう自分でも止められない。

「大体ね、これぐらいの歳の子どもっていうのは、学校でも家庭でも《お年寄りに席をゆずりましょう》って言われ続けているんですよ。嫌というほど。だからゆずらざるを得ないんです。だったらゆずらせてあげましょうよ。席をゆずられたら座ればいいんですよ。どこで降りようが関係ない」

おばあさんが口を開きかけたが、瑞希は話す隙《すき》を与えない。

「ねえおばあさん、座らないなら新しく乗ってくる人に、毎回大声で言ってくれます？　この子は席をゆずってくれたのですけど、私が断ったんですよって。でないと、今みたいに座っている子が誤解されるでしょう。それができないなら、車両間を歩きまわっていてください。もう二度と席をゆずられたりしないように」

瑞希は、次に少年のほうを向いた。

「いい？　こういう、人の立場を思いやれない人間になっちゃだめよ。君は、いい子のまま大きくなってね。で、今回のことにめげず、お年寄りや身体の不自由な人、妊婦さん、小さい子を連れた人を見たら、席をゆずってほしいの。負けちゃだめよ」

少しおどろいたような顔をしている少年へたたみかける。

「今度、席をゆずっても座らない大人がいたら、こう思いなさい。この人はお尻にできものがあって座ると痛いから座れないんだって。悪いのは君じゃない」

車内がシンとする。みんなの頭に浮かんでいるものは同じだろう。

「ぶわはっはっはは」

向かいの席にいた初老の紳士《しんし》が笑い出した。つられてまわりもクスクス笑い出し、車内は和やかな雰囲気《ふんいき》になった。

瑞希は、まわりに会釈しながら、堂々と席に座る。

苦虫をかみつぶしたような顔をしたおばさんとおばあさんは、連れ立って隣の車両へ移っていった。

次の駅で少年は立ち上がると、瑞希に「ありがとうございました」と言い、下車していった。

その駅からまた、たくさんの人が乗ってくる。空席はどんどん埋《う》まり、瑞希の目の前には、杖をついたおじいさんが立つ。
（二日酔いで大声出したら疲れたわ）
瑞希は全力で寝たふりをした。

未来日記

男には、ここ最近いいことが続いていた。

仕事でも好成績をあげ、会社での昇給、昇格が決まった。恋愛面でも、社内のかなり美人な女性から告白されてつき合うことになった。

さらに、ふと何の気なしに買ってみた宝くじで三億円が当たったのだ。

日ごろの行いがいいから？　いやそれはどうだか、よくわからない。けれど自分でも怖くなるくらい、いいことが連続している。

大金を得た男は、都心の高級マンションを買った。今日はそこに引っ越しをする。

長年住んでいた、風呂なし、トイレ共同のボロアパートとは、おさらばだ。押入れの荷物を整理する。古い服なんて捨てればいい。高級マンションには似合わないし、新しいものを買えばいいだけのことだ。

ん、これはなんだっけ？

押入れの段ボールから、古ぼけた本が出てきた。

『未来日記』と書かれている。

ああ、と思い出す。たしか、学生時代に手に入れたものだ。

男は、休日に古書店街に行って、自分が生まれる前に書かれた本を古本屋で見てまわることが好きだった。

ある時、古い本を見つけた。茶色くなった表紙には『未来日記』と書かれてあり、作者が想像した未来がつづられていた。

「何これ、おもしろいなぁ」と思った男は、思わず買ってしまったのだった。

男は『未来日記』を久しぶりにめくった。

どれどれ。

《六月二十一日　会社の仕事で、プロジェクトが成功して、会社は何億円ものお金がもうかりました。会社の社長からほめられて給料が上がることが決定しました。それに、十月からは今より偉くなって、課長になることも決定しました》

これって……。

男は背中が寒くなるのを感じた。

今年の自分のことがそのまま、『未来日記』に書かれてあったのだ。

どういうことだろう？　ひょっとしてこの本は、オレの未来を予測していたってことか？

ページをめくると、次の日記。

《七月十六日　会社の女の人から、「好きだからつき合ってください」と告白されました。その人はとても美人で、会社の人たちから、うらやましい、と言われました》

男はスマートフォンを手にする。

今の彼女とつき合い始めたのは、たしかに七月からだったような気がするが、実際の日付までは……あ、つき合った日に撮った写真の日付が、七月十六日になってるよ。すごい、すごいぞ、この本。

ということは、宝くじも予言してるってことか。

《七月二十五日　仕事で東京の街を歩いている時、駅前に宝くじを売っている店があったので、当たるかもと思って十枚買いました。それからしばらくあとの、八月七日、宝くじ売り場で調べてもらったら、三億円が当たっていることがわかりました》

バラ色の人生は、この本によってすでに約束されていたってことか。

《九月三日　宝くじが当たって、三億円が手に入ったので、都心の高級マンションを買いました》
《十月十八日　いよいよ明日、高級マンションに引っ越しをします。それまで、ボロアパートに住んでいたので、いらないものを捨てる決心をしました》
おお、いよいよ次のページが「今日」なのだな。
男はゆっくりとページをめくる。
《十月十九日　今日はいよいよボロアパートから、高級マンションに引っ越しをします。いらないものを片づけていると、昔、古本屋で買った本が出てきました。それを読んでいるうちに、その内容が実際に起こっているできごとだとおどろきます……》
これって、まさに今のことだ。
《……すると、玄関のチャイムがピンポーンと鳴りました。ドアを開けると包丁を持った男が入ってきて、その男に包丁で刺されて……》

ピンポーン！

求婚者への宿題

朱里《あかり》は四人の男性にプロポーズされて困《こま》っていた。

「まいったなぁ」

学生のころから顔とスタイルのよさを武器に、言い寄る男性すべてにいい顔をして「貢《みつ》がせ放題」な生活を送ってきた朱里は、特定の男性とつき合ったことはなかった。

そして二十七歳の夏、そろそろ結婚したくなった朱里は、取り巻きの中でも特に「顔よし、給料よし、性格よし」の立花圭吾《たちばなけいご》を選んで、プロポーズを受けることにした。

ところが噂《うわさ》を聞きつけたさえない男性三人が「待った！」をかけたのである。

朱里はその男たちのことを何とも思っていなかったが、これまでに大量のプレゼントを受け取ってしまっているので、冷たくあしらうこともできない。

悩んだ末に朱里は、四人の男性それぞれに手紙を送った。

【実は、ほかにもプロポーズしてくれている方がいます。みなさんとてもすてきな方で、私ごときがその中からひとりを選ぶのはとても難しいことです。ですから、みなさんに宿題を出します。それを一番早く達成できた方と結婚したいと思います】

そのあとに、ひとりずつ別々の宿題を書いた。

機械音痴の倉石太郎《くらいしたろう》には【プログラマーに転職してください】と。

内気な前野良平《まえのりようへい》には【営業でトップの成績を取ってください】と。

勉強嫌いな若浦光男《わかうらみつお》には【司法試験に合格してください】と。

本命の立花圭吾には【海外で新しい友だちを百人作ってください】と。

旅行が好きで社交的な性格の圭吾ならすぐに達成できるだろう。しかも彼は、仕事で来週から二週間イタリアに行くと言っていたから、タイミングもバッチリだ。

プログラマーも司法試験も勉強にある程度時間がかかるだろうし、気弱な前野良平に至《いた》っては、一生かかってもトップセールスマンになんてなれそうにない。三週間後、イタリアから立花圭吾が戻れば一番に宿題達成の報告に来るに決まっている。

朱里は余裕の心持ちで、結婚情報誌などを見ながら三週間をすごした。

ところが、圭吾は三週間たっても一か月たってもイタリアから帰ってこない。二か月たったころ、やっと圭吾からメールが来た。

「こちらで新しいカノジョができました。カノジョの父親が会社を経営していて、日本語の話せるスタッフが欲しいというので、日本の会社を辞めてカノジョと結婚します」

さらに一か月後、司法試験のため勉強していた若浦光男には勉強会で新しいカノジョが、プログラマーを目指す倉石太郎には人工知能のカノジョができたと報告があった。

さらに、そのふたりが朱里のことを「複数の男にいい顔をして、難癖のような宿題を出した嫌な女だ」と周囲に言いふらしたため、朱里はすっかりモテなくなってしまった。

友だちから合コンに誘われることもなくなり、憂《ゆう》うつな日々を送っていたある日、トップセールスマンを目指せと指示した前野良平が連絡をよこしてきた。

（もしかして、本当にトップセールスマンになったのかしら。ああ、彼と結婚するなんて自分でも意外だわ。でも成績優秀ならお給料も悪くないはず）

期待して指定された場所に行くと、堂々としたたたずまいですっかり見ちがえた前野良平が待っていた。

「営業成績、ついに今月一位になったんだ。最初はひとりの人と話すのも怖かったけれど、面倒見のいい先輩に恵まれてね。今では大勢の前で話すのも平気だよ」

朱里は内心喜びつつ、わざともったいぶった態度で言った。

「ほかの人もがんばっているけれど、どうやらあなたが一番のようね。約束通り、私はあなたと結婚するわ」

ところが、良平が見せたのは浮かない表情だった。

「それが、部長のお嬢《じょう》さんとのお見合い話があって、断れそうにないんだ」

朱里は声をとがらせた。

「あなた、私にプロポーズしたのよね。私が先でしょう。婚約者がいるって言ってよ！」

「でも、今日きみに会うまで自分が一番乗りだったとは知らなかったわけだし。それでね、今度はぼくからきみに宿題を出していいかな？ 達成できたらきみと結婚するよ」

朱里は考えた。自分はもう「悪い女」という評判が広まっていて、新たな結婚相手を探すのは難しい。ここで良平を逃《のが》すわけにはいかない。

「いいわよ。その宿題、受けて立つわ」

良平が一通の手紙を差し出した。朱里は勢いよく受け取ると、一気に封《ふう》を開けた。

【朱里さんへ。アメリカの某施設に囚われている宇宙人を助け出してください】

「は？」

これは、完全にフラれているのだろうか？　それとも本当に宇宙人はいるのだろうか？　助け出すって、手に手を取って逃げろというのか？

いくつもの疑問が浮かび、朱里が顔を上げた時、すでに良平の姿はそこになかった。

結婚。結婚。結婚。悩んだ末、朱里は明日、パスポートを取りに行こうと決めた。

洋食屋の客

下町の片隅《かたすみ》に、その洋食屋はオープンした。

名前は「キッチンゴロー」。

シェフは三十二歳のゴロー。フロア担当は彼の妻であるサヤカ。若い夫婦が、小さいながらも念願の店を持つことができた。

「オレたちの店なんだな」

「そうね」

ふたりは店内を見まわす。カウンターに椅子席《いすせき》が八つ。四人掛《が》けのテーブルが三つだけだが、ふたりで店を切《き》り盛《も》りするにはちょうどよかった。

この店は数年前まで別の夫婦が洋食店を経営していたという。夫が歳を取ったため、やむなく閉店することになったそうだが、店内がその時のままだったので大きな改装をすることなくオープンできたのだ。

ゴローは高校を卒業したあと、有名な洋食店で働き始めた。皿洗いから始まったつらい修業期間だったが、ぜったいに自分の店を持つんだという強い意志を持ち続け、めきめきと料理人としての腕を上げていった。

そんな彼を見守ってきたのが、同じ店でウェイトレスのアルバイトをしていたサヤカだった。ひとつ年上の彼女は、ゴローのひたむきな姿に惹《ひ》かれ、いつしかつき合うようになり、結婚したのが数年前のこと。ぜいたくをしないで貯金をして、自分たちの店を持つために今日までがんばってきた。

「よし、デミグラスソースの仕込みもバッチリ。いい食材も仕入れることができたし、オレたちの店『キッチンゴロー』はついにオープンだ」

「うん。がんばろうね」

入口の看板を「ＯＰＥＮ」にひっくり返し、営業が始まった。

「いらっしゃいませ」

緊張した声でサヤカが迎え入れると、初めての客が三人も入ってきた。

「また洋食屋が開店したなんて、うれしいねえ」

「ホントホント」

「何を食べようかねえ」

中年の男性たちは、以前ここにあった店を知っているようだ。テーブル席につくと、ハンバーグステーキ定食、ミックスフライ定食、しょうが焼き定食を注文する。

(ここからがオレの腕の見せどころだ。とびきりおいしい洋食を食べてもらうぞ)

そう思ってゴローが調理を始めると、客のひとりが話しかけてきた。

「ご主人は、前の店主の息子さんかい」

「いえ、ちがいますけど」

「そっかあ。オレたちはてっきり二代目が継いだと思ってたよ」

――ああ、とゴローは思う。

前の店を知っている常連さんなら、その味をなつかしんで来てくれたのだろう。けれども今はオレの店だ。オレの味で勝負して、気に入ってもらわないと。

老舗《しにせ》の洋食店で習得した、とびきりのデミグラスソースがある。これを使ってハンバーグやハヤシライスを作れば、オレの洋食が本物であるとわかってくれるはずだ。

「おまたせしました」

でき上がった料理を、サヤカがテーブルに運ぶと、三人の客は「おお」と声をあげて見入っている。

（どうです、お客さん。これがオレの味です）

そんな気持ちで、ゴローは客が食べている様子を、厨房《ちゆうぼう》からチラチラと見ていた。

キッチンゴローの記念すべきオープン初日。かつての常連と思われる近所の人たちが次々と来店してくれて、店は大盛況だった。ゴローも、サヤカも、休むヒマなく洋食を提供し続けて、気がつけばあっというまに一日が終わった。

「初日からお客さんがたくさん来てくれて、いいスタートが切れたな」

「そうね。ここでやっていけそうだわ」

ふたりはニコニコしながら後片づけをしたのだった。

ところが。

オープンしてしばらくは多くの来客があったのだが、日がたつうちに、だんだんと客は減っていった。

特に常連と思われるお客さんは、一度来たあと二度と姿を見せない。

「みんな、前の店の味を期待して来るから、オレが作った本格的な洋食は、気に入ってくれないのかな。それとも値段が高いのかな」

ちょっと落ち込み気味のゴローを、サヤカが励ます。

「大丈夫だって。あなたの洋食はちゃんとしたものだから、今にこの味を気に入ってくれるわよ。それに料金だって決して高くはないわ。この町のほかの洋食屋さんと比べても、あなたの料理のおいしさからしたら安いくらいよ」

「ありがとう、サヤカ。そう言ってくれると元気が戻ってくるよ」

せっかくふたりで苦労してオープンさせた洋食屋だ。ちょっと客が来ないだけで落ち込んでばかりいられない、とゴローは気持ちを切り替えて、おいしい、自分にしか作れない洋食を提供していこうと思った。

それでも、客は減っていく一方だった。新鮮な食材を使いたいから、使わなかった野菜などは捨てざるを得なくなり、赤字になる日が増えた。

こんなこともあった。

客が来ないので、ゴローが店の内側から外をのぞいていたところ、前を通り過ぎる人がこんなことを話していたのだ。

「この店どう？　新しくできたけど」

「あー、ダメダメ。昔あった店の味を期待したんだけど、味がおしゃれすぎちゃって」

――やっぱり、ここではオレの洋食は受け入れてもらえないんだ。

ガッカリして店の奥に戻ると、妻のサヤカも暗い顔をして座っている。手元には電卓と、店の帳簿があった。

「あのね、このままだと今月は赤字で、家賃を払うには借金しないといけないみたい」

「そうか……あと一週間がんばって、それでダメなら、あきらめるしかないな」

ゴローはため息をついた。

次の日。

相変わらず客が来ないキッチンゴローだったが、そろそろ店を閉めようかと片づけ始めた時にドアが開いた。

「よろしいですかな」

白髪《はくはつ》の老人と、その奥さんと思われる夫婦が店に入ってきた。

「いらっしゃいませ。どうぞこちらのお席に」

サヤカがテーブル席にうながすと、老夫婦はなつかしそうに店内を眺《なが》めている。

（ああ、この人たちも前の店の常連だな）

あきらめの気持ちでゴローがふたりを眺めていると、夫と目が合った。

「ハンバーグと、ハヤシライスをいただけますかな」

「は、はい」

デミグラスソースを使ったメニューだ。前の店の常連なら(味がおしゃれすぎる)とか思って、もう来てくれることはないだろう——そう思いながら調理する。

「おまたせしました」

サヤカが運んだハンバーグステーキを夫が、ハヤシライスを妻が食べる。少し食べてはウンウンとうなずいて笑っている。もしかして、気に入ってくれた?

「ご主人」と突然、声をかけられる。

「は、はい」

「私はこの味に記憶があるのですが、どこかで修業されてきましたか」

「はい、実は」とゴローは、修業してきた有名店の名前を告げる。

「なるほど。お若いのに、このデミグラスソースは、大したものです」

オープンしてから、料理をほめてもらったことがほとんどなかったので、ゴローは泣きそうなくらいうれしかった。

「こんなにおいしいのに、どうして客が……」と老人はガラガラの店内を見まわす。

「自分の味が、この町の人の好みに合わないんだと思います。あの失礼ですが、前の店の常連さんですよね」

「ええ、まあ。そんなところです」

「前の店と比べて、私の味は劣《おと》っているのでしょうか」

「そんなことはありませんよ。ねえ、あなた」と妻がニコニコ笑う。

「そう。私はいろんな店の洋食を食べていますが、あなたが作る料理はどこにも負けていません。この町の人も、それがわかってくるはずですから、あなたは自信を持って、あなたの料理で勝負していけばいいんです。応援させてもらいますよ」

「ありがとうございます！」


「ごちそうさま。おいしかったですよ」

食べ終えた老夫婦は満足そうな顔をして、店を出ていった。

「ねえゴロー。前の常連さんが、ああ言ってくれるなら」

「ああ。オレ、もう少しがんばってみようと思う」

去っていく老夫婦の背中を見ながら、ゴローは笑顔を取り戻していた。

老夫婦は、キッチンゴローをあとにしながら、話していた。

「ねえ、あなた。本当の感想はどうでしたの？」

「ああ。たしかに前の常連が求める味ではないかもしれないが、彼が作るソースが本物であることはまちがいない。まだ若くて荒削りな料理だが、あの味を続けていけば、きっといい洋食屋になるだろう。つぶれそうだなんて、かつての常連たちは言っていたが、私がおいしいと認めたなら、彼らはまた通《かよ》ってくれるだろう」

「そうですね。なにせあそこは、私とあなたが長年やってきたお店なんですから」

数学・実践問題

花鈴《かりん》のママは、アンチエイジング——歳を取ることへの抵抗——にハマッている。愛用しているのは、エイジングタイマー最新型。幅広の指輪で、中央の切れ目で上下に分かれている。寝る前に左手薬指にはめて、上半分を右にまわせばセット完了。タイマーがゆっくり戻りながら成長ホルモンの分泌に働きかけて、若返りするらしい。早寝するのが大事なポイントだからって、ママは夜十時には寝る。

どのくらい若返りするかというと、実年齢の30パーセント。

ママは実年齢三十五だから、

35×30％＝35×0・3＝10・5

十年と半年分、若返るわけ。つまり、

35－10・5＝24・5

二十四歳くらいに、なるんだよね。

効果は一週間。ママは一週間後の夜に突然、老ける。思わず、あんただれって言いそうになるよ。今のところ、こらえているけど。

ママの理想は永遠の二十代。タイマー一個では足りなくなった時に備えて、もうひとつ買い置きもしてある。二個目は右手の薬指にはめる。一個目の90パーセントの若返りなんだって。たとえば、ママが五十歳になった時に、

左手（一個目）50×0・3＝15

右手（二個目）15×0・9＝13・5

50－（15＋13・5）＝21・5

ひゃー。実年齢五十が、見た目二十一歳！　ためしに百歳も計算してみよう。

一個目　100×0・3＝30

二個目　30×0・9＝27

100－（30＋27）＝43

四十三歳か。永遠の二十代は、ムリだね。ま、十四歳の花鈴には関係ない。

と思っていたら、なんと、裏ワザがあった。

クラスメイトの夏実《なつみ》が、スマホで自撮《じど》りした写真を見せてくれたんだ。

「うわ、大人っぽい、ほんとに夏実？」

夏実は、へへっと笑う。いつもの、中二の彼女だ。

「ネットで見つけたんだ。最新型エイジングタイマーの裏ワザ。リングを逆まわしすると、実年齢の30パーセント、大人になる。ただし、効果は本来の使い方よりずっと短くて、夜には元に戻っちゃう」

ってことは、ええと、

$14 \times 0.3 = 4.2$

$14 + 4.2 = 18.2$

十八歳！〝あこがれの彼〟のファーストライブを聞きにいける年齢!?

彼を知ったのは一か月前、夏休み中のこと。早朝ジョギングに行った公園で、ギター片手に歌っていた。胸がきゅんとした。それから毎朝、早起きして公園に通《かよ》っている。夏休みが終わった今も。いつも十数人のファンが聴《き》きほれている。

で、こないだ、彼が言った。

「来週の土曜日、ライブデビューします。ランチタイムの二時間で、店の名は……」

高校生や大学生っぽい女の人たちが「ぜったい行くよぉ」って盛り上がって拍手している中、花鈴はしょんぼり帰ってきた。そのライブハウスは、昼間でも中学生だけじゃ入れてくれない。保護者同伴ならオッケーだけど、そんなのはずかしすぎる。

「夏実、詳《くわ》しく教えて。あたしの初恋がかかってるの」

「よっしゃ、全力で応援する」

アドバイスをもらいながら、計画を練った。エイジングタイマーは、ママの買い置きをこっそり借りる。服は、夏実のお姉ちゃんを頼ることにした。

そしてライブの前日、金曜日の夜。タイマーを指にはめて、十時にベッドに入った。指輪の上半分を、左向きにまわす。固くて動かない。でも、夏実に教わった通り、もう一度、まわす。今度は、ギリッという手ごたえとともに動いた。ドキドキして眠れないかもって心配だったけれど、タイマーをセットしたらすぐに眠くなった。

早朝に目覚めて、鏡の前に立った。

わぉ、十八歳の花鈴。胸が大きくて、はずかしいような、うれしいような。

いつもよりていねいに顔を洗い、髪をとかし、夏実のお姉ちゃんに借りたミニワンピースを着る。化粧は、日焼け止めジェルをうすく伸ばして、あとはあえて、ピンクの口紅だけ。塗り方も教わって練習した。肌の美しさが引き立って、下手な化粧するよりずっときれい、って夏実のお姉ちゃんのアドバイス。

ホント、きれい。パパやママにも見せたくなっちゃう。でも我慢。エイジングタイマーを勝手に使ったのがバレちゃうし、ライブなんてダメって止められるに決まっている。それに土曜日はふたりとも寝坊《ねぼう》。花鈴はそっと家を出た。

ライブ開始まで、まだまだ時間がある。ファンの人たちは、会場の店で朝から待つって言ってたけれど……そうだ、公園に行ってみよう。もしかしたら、彼がいるかも。

いた。取り巻きもいなくて、彼ひとり。ギターを抱《かか》えて、発声練習している。木漏れ日がスポットライトみたい。ドキドキしながら近づく。いつもより、もっと近くへ。目が合った。彼が首をかしげる。

「あれ？　どこかで会ったこと、あるよね」

「毎朝、歌を聴きに来てます」

「え？　あれ？　ごめん、ちゃんと覚えてなくて」

うろたえる彼を、花鈴は優しく微笑んで見つめる。十八歳できれいだと、こんな余裕もできちゃう。

「おわびに、きみのために、一曲歌わせて」

夢みたい。彼のオリジナル曲をリクエストした。うっとり聴き終えて、

「この歌、大好き」

花鈴の言葉に、彼が頰《ほお》を染めて、うれしそうに笑う。ああ、幸せ。

「あのさ……よかったら連絡先、教えてくれない？」

うれしくて飛《と》び跳《は》ねそうになるのをこらえ、花鈴はうなずく。彼がバッグからスマホを取り出す。その時、何かがバッグから転がり落ちた。彼《かれ》はすぐに拾い上げバッグに戻《もど》したけれど、視力のいい花鈴はばっちり見てしまった。

エイジングタイマー、しかも二個。彼も使ってたんだ。ということは、見た目と年齢がちがうってこと。見た目は二十二歳くらいだから……頭の中で必死に方程式を組み立てる。実年齢 x として、

$$x-\{0.3x+0.9(0.3x)\}=22$$

方程式、これで合ってる？

あ、でも、もしかしたら、花鈴と同じ、裏ワザかも？　ええとその場合は、

$$x+\{0.3x+0.9(0.3x)\}=22$$

彼が目の前で微笑んでいる。花鈴の頭はパニック。方程式が解けない。

彼、本当は、何歳？　だれか、計算して！

新天地

小さな宇宙船が一隻《いっせき》、四年前に発見された生存可能《せいぞんかのう》な惑星《わくせい》へ向かっている。乗組員は若い男性ひとりだ。せまい宇宙船の中、ひとりきりの長旅はかなりの精神的苦痛を伴う。それならいっそ「外出が嫌いな人」に搭乗《とうじょう》してもらえばいい、ということで「引きこもり」だった彼が選ばれた。宇宙船は自動操縦《そうじゅう》だから何も難しいことはない。彼の仕事は孤独《こどく》にコールドスリープをくり返すだけだった。

引きこもり生活を送っていた彼だが、決して人嫌いというわけではなかった。本当は人と仲よくしたいと思っていた。だからこそこの任務を引き受けたのだ。

(新惑星入植者第一号《しんわくせいにゅうしょくしゃ》となれば、あとから来る人は僕に一目置《いちもく》くにちがいない。向こうが尊敬のまなざしで見てくれるなら、嫌な思いをすることもない。最初から好かれていれば、人づき合いなんて楽勝だ)

彼は「先駆者《せんくしゃ》」や「先輩」といった自分が優位に立てる状態で人間関係を築きた

いと考えていた。敬われたくてしかたがない。それにはこのミッションが最適だったのだ。

「おや？　あれはなんだ？」

最後のコールドスリープから目覚めた彼は、目指す惑星の地表にさまざまな建物が建っているのに気がついた。

惑星に降り立ってみると、たくさんの人が行き来している。ひとりが近づいてきた。

「あなたがコールドスリープしている間に、宇宙航行技術もさらに発展し、今までの数百倍の速さで目的地に着けるようになったんです」

「なんだって！　僕は追い抜かされていたのか！　あの、では僕は何人目ですか？」

「あなたは五千人目になります。すべてにおいてわれわれの知識や技術のほうが進んでいますが、心配いりません。なんでも聞いてください、教えて差しあげますから」

彼は失望した。そして新天地でも地球と同じ引きこもりの生活が始まった。

予知夢

「今朝の事故さぁ、運転手は道路に飛び出してきた猫をよけようとしたんだってな」

生徒のおしゃべりがにぎやかな朝の教室で、前の席の一樹《かずき》が言った。沙奈《さな》の机にひじをついて、間近から沙奈を見ている。

「うちの高校の前であんな事故が起きるなんて、ゾッとするよな。沙奈、見たんだろ？」

「うん。私、猫のせいで事故が起こること、知ってた。だって見たんだもん。夢で」

暗い表情でそう切り出した沙奈の言葉を聞いて、一樹が笑う。

「また沙奈の得意な予知夢の話か。ここんとこずっと、その話ばかりだな」

「笑わないでよ。本当なんだから。横断歩道の前で黒い猫を見た時、あっ、夢の中の猫だって気がついた。そうしたら、やっぱり。赤い車があわててクラクションを鳴らすと、猫は一瞬立ち止まって反対側の茂《しげ》みの中へ姿を消したの」

「そして、猫をよけようとした赤い車が、前方から来た白い車と正面衝突した?」

「そう。何から何まで夢と同じ」

沙奈は眉《まゆ》をひそめ、真顔でつぶやいた。

「どうして私、これから先に起こることを夢で見るのかな。なんだか、自分が怖い」

沙奈の話を聞いていた一樹が、軽い調子で言う。

「だれだって『あれ? この場面を夢で見たぞ』って思うことはあるよ。沙奈は、気にしすぎなんだよ」

「そんなレベルの予知夢じゃないの。不吉すぎるから、こんなことだれにも話せない。子どものころから悩んでいるけど、家族にだって話をしていないんだから」

「俺にだけ、秘密を打ち明けてくれてるってこと?」

「うん。そう。一樹に告白するのも勇気が必要だったけど、話してよかった」

一樹とは、高校二年生の時からつき合ってもう一年になる。三年生から同じクラスになり、二年生の時よりもふたりですごすことが多くなった。苗字も宮越《みやこし》と宮田《みやた》だから、名簿順の席も前後。登下校も一緒で、ほかの生徒から仲のよさを冷やかされている。

内向的で、思っていることをなかなか口に出せない沙奈と、外交的で、自信家の一樹。ふたりの性格は正反対だ。

「沙奈の予知夢ってさ、いいことは教えてくれないの？　たとえば、次の土曜日、俺が沙奈をデートに誘おうとしていることとか」

一樹は映画のチケットを二枚、沙奈に見せて言った。

「一緒に行こうぜ。そのあと、沙奈と買い物をしたいんだ」

「何を買うの？」

「沙奈とおそろいのアクセサリー。ふたりでつけたいと思ってさ」

沙奈はおどろき、それから冗談めかして言った。

「それって、いいことなの？」

「どう思う？」

からかうようにそう言って、一樹は沙奈をじっと見つめた。

「俺さ、決めたよ。沙奈が目指している都内の大学を、俺も第一志望にしようと思う。ひとり暮らし、何かと不安だろ？　近くに住んだらいつでも一緒にいられるし」

「ありがとう。でもね、一樹。私たち……」

その時、教室のドアが開いて教師が入ってきた。

「チェッ。もう授業だ。この話の続きは土曜日に」

一樹が笑って背を向けると、沙奈の顔から笑顔が消えた。暗い表情で小さくつぶやく。

「一樹は何も知らないから……」

もうすぐふたりの間に重大な変化が起きる。それを知っているのは沙奈だけなのだ。


「どうした？　浮かない顔をして。何か飲み物でも買ってこようか？」

土曜日の午後。映画を観《み》終わったあと、一樹が上機嫌《じょうきげん》で沙奈に言った。

「映画、すごくおもしろかったな。主人公とヒロインが悪役に追われてビルから真っ逆さまに落ちるところなんか、超リアルで鳥肌《とりはだ》が立った」

一樹の言葉にうなずき、沙奈がため息をつく。

「映画のワンシーンで、よかった……」

「どういう意味だよ？」

「ビルから男女ふたりが落ちる夢を見たの。現実に起こるんじゃないかって怖かった」

「それで今日会うなり、高いところが怖いって言ってたのか。俺たちが落ちるんじゃなくてよかったな」

一樹が笑って言うと、沙奈は声を荒立《あらだ》てた。

「そんな単純な話じゃないんだから！　私の予知夢は当たるの。昨日、待ち合わせの場所に一樹が来ない夢を見た。そうしたら案の定、時間になっても一樹は来なかったし」

「まあ、たしかに寝坊して遅れたけどさ。謝ったじゃん。そんなに怒らなくても」

「怒ってるんじゃないよ。予知夢の話をしているだけ」

「またそれかよ」

一樹はため息をつき、沙奈を見た。

「あのさ、もう予知夢の話、やめてくれないか？　沙奈は、何か悪いことが起こるたびに、前に夢で見た、当たったって言う。最近は俺と一緒にいても、暗い顔ばかりだ」

「だって、幸せな時ほど悪い予知夢を見るから……」

「俺、ちょっと調べてみたんだけど、それって自己暗示だよ。心配や不安がいきすぎて、夢に見る。そして、それに近いことが起こると、また予知夢の通りになったと思う」

一樹は、熱心に言った。

「本当は、そこまで同じじゃないんだ。自分で都合よく記憶の断片を拾って、つじつまを合わせてるだけなんだよ。この間の事故だって、きっとそうだ。沙奈が以前見た黒猫の夢や衝突事故のニュースなんかの記憶を、目の前で起きた事故に全部重ねたんだ」

「じゃあ、映画のことは？　そっくり同じシーンを、観る前から知ってたよ？」

「話題作なんだから、公開前にどこかで予告動画を見てたんだよ。ＣＭとかでさ。衝撃的なシーンが記憶に残っていただけだ」

「ひどい。私の予知夢の話を信じてくれてると思ってたのに」

「たしかに、最初はそんなこともあるんだなって興味を持ったよ。だけど、沙奈の話はいつもそこに行き着く。悪い夢を見た、これは予知夢だって」

一樹の顔に、うんざりしたような表情が浮かぶ。

「沙奈はあまりにも思い込みが強すぎる。まるで、悪いことが起きるのを待っているみたいだ」

「だって、予知夢を見るんだもん。悪いことが起こるなら、覚悟《かくご》していたほうがいい」

沙奈はそう言って涙を浮かべた。

「……わかったよ。今日はもう帰ろう。ふたりでビルから落ちないうちに」

一樹はため息をつくと、あきらめたように言った。

帰り道、ふたりの間にほとんど会話はなかった。


数日後、だれもいない放課後の教室で、沙奈は自分から気まずそうに視線をそらす一樹を見つめていた。これから何が起こるのか、沙奈にはわかっている。

「あのさ。沙奈にちゃんと言わなくちゃいけないと思って。俺たちのつき合いだけど、もうこれ以上は続けていけないと思うんだ」

別れを切り出す一樹の言葉を聞きながら、沙奈はかすれた声で小さくつぶやいた。

「そうだよね……。こんな私じゃ、嫌われてもしょうがないね……」

沙奈はうつむき、自分の表情を隠そうと両手で顔を覆《おお》った。一樹に知られてはいけないからだ。別れがうれしくて、笑い出しそうなことを。

この数か月、見てもいない予知夢を見ると言い続け、この日が来るのを待っていた。

とっくに嫌気がさしているのに、別れてくれない自信家の一樹。常に一緒にいたがるから自由がなく、息苦しくてしかたがなかった。おそろいのアクセサリーをつけようだとか、ましてや同じ大学に行って、近くに住むだなんてまっぴらだ。

「こうなること、わかってた。今までありがとう、一樹……」

うまくいってよかった――。両手で顔を覆ったまま、沙奈はうっすらと笑った。

ニセモノの絵

「川村看板《かわむらかんばん》」は、手描きの看板やチラシを作る小さな会社だ。

現在の社長である川村氏が先代のあとを受け継いだばかりのころは、景気もよく、一時は社員が百人以上いたこともあった。

しかし、今は看板もチラシのデザインも、パソコンで作るのが常識という時代。時間も料金もかかる手描きのものをわざわざ選ぶ人は、どんどん少なくなっていった。

だいぶ前から、会社の経営は厳しくなっていた。しかし、川村社長はこういう時代だからこそ、なんとしても手仕事のよさを残していきたいと考えていた。

「最後まであきらめちゃいけない。どんなに規模が小さくなったとしても、この会社を守っていこう！」

社長はそう言って、日々、運営資金の調達に飛びまわっていた。社員はすでに、家族が中心で、あとは昔からずっと勤めている職人が三人いるだけだった。彼らも営業活動にいそしんでいたが、思うような効果はなかった。

社長は、長男にあとを継《つ》がせる気だった。長男も、時代に逆行する父の考えは嫌いではない。しかし、このままでは、父の代で会社をたたむことは避けられないだろう。実際、副社長でもある母には、いずれは他社に就職するつもりで勉強をしておくように、と言われていた。

疲労と心労が重なったためか、ついに社長が倒れてしまった。体のあちこちに不調が見られ、入院して詳しい検査をすることになった。

検査の結果、社長はすでに重い病気をわずらっていることがわかった。医者は、手術をすすめた。手術するとなると、予想外の出費だ。しかし、社長の容態は思わしくない。すぐに手術をしなければ、命に関わる状況だった。

社長をのぞいた全員で話し合って、会社はたたむことに決めた。ただし、その話は社長の耳には決して入れないようにする。元気になって、退院してきた時に初めて、打ち明けようということにした。

社長の自宅には、先代から受け継いだ骨《こっ》とう品《ひん》がたくさんあった。いずれも景気がよかった時に先代が買っていたもので、なかには数百万円の値打ちがあるものもあった。しかし、会社がかたむき始めた時、社長はこれらを売るようになった。今も残っているのは、社長がとても気に入っていた数点だけだった。

「これらも売って、手術費にあてよう。父さんの命には代えられない」

長男はそう言って、できるだけ高値で引き取ってくれるところへ売りに行った。

社長には、ちょうど大きな仕事が入ったので、しばらくそれで会社を続けることができるから、この機会にゆっくり休んでほしい、と伝えた。

社長は、常に会社の行く先を案じていたが、社員の説得に根負けするような形で、手術をすることをようやく受け入れた。

手術が迫ったある日、社長はこう言った。

「この病室は、いささか殺風景すぎるなあ。手術が終わって戻ってきた時に、その壁にあの絵があると安心できると思うんだが」

「わかりました。そうしましょう」

妻である副社長はそう言ったものの、内心あせっていた。社長の言う「あの絵」は、長男がすでに売ってしまっていたからだ。副社長は長男に相談した。

「どうしましょう。めったにわがままを言うことのないあの人の頼みだから、叶えてあげたいんだけど……」

「今、連絡して聞いてみたけど、あの絵は、旅行に来ていた外国人が買ったらしい」

「じゃあ、もうどこへいったか見当もつかないわね」

「うん。せめてあの絵のレプリカが手に入ればなあ」

「レプリカって、つまりニセモノってこと？」

「そう。でも、そこまで有名な絵ではないから、レプリカがたくさん作られているとは思えないし、そんなにかんたんには手に入らないかもしれない」

そこへ、社長の様子を聞きに、職人たちが顔を出した。彼らは事情を聞くと、

「その絵、なんとかオレたちで描いてみることはできないですかね」

と言い出した。

「もちろん、完全に本物そっくりってわけにはいかないでしょうが、あの病室はなかなか広かったですよね。そんなに大きな絵ではないから、売ったのと同じような額《がく》に入れて壁に飾ったら、わからないかもしれない」

「うーん。でも、父はああ見えて、なかなかの目利きなんですよ。祖父にきたえられてましたから。大丈夫かなあ？」

「オレたちにだって、長い間看板を描いてきた誇りがありますからね。お世話になった社長のためですから、全身全霊《ぜんしんぜんれい》を込めて、ニセモノを作ります！」

それから、職人たちは図書館から借りてきた画集の絵を参考にして、ニセモノ作りにとりかかった。細かい色づかいについては、実際に間近で本物をよく見ていた長男が口を出した。

油絵だったため、完成するまでには時間がかかった。職人たちは、慣れない油彩絵の具に苦労しながらも、長年の経験からなるすばらしい筆づかいで、遠くから見れば本物と見まちがうくらいのニセモノを完成させたのだった。これを、長男が見つけてきた額に収めた時、自然と拍手が起こった。

社長の手術が行われている最中に、ニセモノの絵が病室に飾られた。手術は長時間に渡ったが、なんとか成功した。麻酔《ますい》が効《き》いていたので、社長はすぐにはその絵を目にすることはなかった。

次の日、絵を見た社長が何と言うか、副社長と長男は気が気でなかった。

「ああ、あの絵がある。本当に飾ってくれたのか。ありがとう!」

社長のこんなに明るい顔を見たのは久しぶりだった。ふたりは、職人たちに心の底から感謝した。

その絵は、しばらくその病室に飾られていた。

手術をした部分以外にも悪いところが見つかり、社長の入院は長引いていた。し

かし、社長は決して泣きごとを言わず、時々じっと絵を眺《なが》めては、

「あれは本当にいい絵だ」

と微笑むのだった。

ある時、社長の容態が急変した。体力的にも、もう手術などで対応できる状態ではなかった。

その二日後、社長は眠るように亡《な》くなった。

副社長と長男が病室にあった社長の荷物をまとめていると、ベッドの脇《わき》の棚にしまってあった社長のカバンから、一通の手紙が出てきた。

社長が手術を受けたあとに書いたものらしかった。

『わたしの力が足りないばかりに、会社を支えてくれたみんなには、苦労ばかりかけて申しわけありませんでした。いずれ、この会社はたたむことを避けられないでしょう。わが家にわずかに残る骨とう品が、もしまだあったら、会社に残ってくれた方々で分けてください。長年勤めていただいたのに、こんな形でしかお礼ができないことを、お許しください』

「あの人、残していた骨とう品は、職人さんたちにあげたかったのね。もう、売ってしまったけど……」

「あ、あの絵のことも書いてある！」

『ただし、病室に飾ってもらったあの絵だけは、わたしが持っていきたい。みんなの気持ちが詰《つ》まったあの絵の本当の価値がわかるのはわたしだけでしょう。どうか、わたしが死んだら、ひつぎの中に入れてください』

読みながら、長男は声を詰まらせた。

「父さん、本当は全部わかっていたんだ。あの絵がニセモノであることも、職人さんたちが描いてくれたってことも。わかっていて、見るたびにいい絵だって言っていたんだね」

あとで駆けつけた職人たちも、この話を聞いて涙を流した。

こうして、社長は希望通りニセモノの絵だけを持って、旅立っていった。

守《しゅ》護《ご》霊《れい》レンタルサービス

ある日の午後。自分の部屋で小説を執筆していたアスミは、玄関の外からしつこく鳴らされているインターホンの音に気がついた。パソコンから顔を上げ、母を呼ぶ。

「お母さーん、だれか来たよー！」

家中に響くような大声を出してから思い出した。母は友だちとランチに出かけて留守だった。大学生の弟は、アイドルのコンサートに出かけている。この小さな家を建てるために長距離通勤をしている会社員の父は、そもそも家でほとんど見かけたことがない。

「あー、面倒くさいことになっちゃったなー。だれにも会いたくないのに」

この家が留守ではないことを、訪問者に気づかせてしまったのだ。もし訪問者が近所の口うるさいおばさんだったら、「新田《にった》さんちのアスミちゃんは、いい歳をして引きこもりなうえに、客人の応対ひとつできない」などと言いふらされるにちがいない。

ここ数年、まったく本を出版することができないアスミは、被害妄想気味だった。大学四年生の時、たまたま小説の新人賞を受賞して意気込んでデビューしたものの、その本も、その次の本も絶望的に売れなかった。今書いている三作目が売れなければ、もう執筆依頼は来ないだろう。追い詰められたアスミの作家生命は、まさに風前の灯《ともしび》だった。

インターホンは、アスミを責めるように鳴り続けている。

「しかたない。だれが来たのか確認してくるか……」

アスミはしぶしぶ椅子《いす》から立ち上がり、階下に降りてインターホンのモニターを見た。白黒の画面には、見覚えのない小太りの中年男が映っている。つばのある黒い帽子《ぼうし》と黒いスーツ。丸い顔に、左右の先が跳《は》ね上《あ》がった黒いひげがいかにも怪《あや》しい。

「どちらさまですか？」

ドアホンのマイクを通して、一応聞いてみる。モニターの向こうから、男が愛想《あいそ》よく答えた。

「訪問販売のものです」

「あ、そうですか。何も用はありません。さようなら」

アスミはそっけなく言ってモニターを切ろうとした。男のあわてた声が聞こえてくる。

「ま、待ってください。たしかに訪問販売ですが、普通の訪問販売じゃありません。物を売りたいわけじゃないんです。守護霊レンタルサービスのご案内にうかがいました」

アスミは思わず手を止めてモニターを見つめ、男に聞いた。

「なんですって?」

「守・護・霊のレンタルサービスです。貴重な守護霊を、破格のお値段でお貸ししたいと思いまして。よろしければ話を聞いて……」

アスミは最後まで話を聞かずに玄関にダッシュし、ドアを開けて訪問販売員の男を家の中へ引き込んだ。面食らった様子の男をにらみ、声を押し殺して言う。

「玄関先で変なことを言わないでください。私の知人だとか、近所の人に思われたら」

この妙な販売員をさっさと追い返したい。それには商談にケリをつけてしまうに限る。

「宗教かなんかですか？　安いものなら買いますんで！」

「おお、わが社の商品に興味を持っていただけましたか！　幸先がいい。実は、この商売を始めたばかりなんですよ。最近は霊の存在を信じない方が多くて、行き場を失った守護霊がヒマを持て余している状況でしてね」

どこをどう突っ込んでいいかわからない。男はにこやかに説明を続けている。

「どうせなら、それぞれの特技を生かしてアルバイトをしようということになり、私の会社が顧客募集の委託業務を執《と》り行《おこな》うことになりまして。レンタルできる守護霊は特技もさまざまですよ。弓の名人、乗馬の名人。さまざまな分野で、守護霊はお客さまの力を強化します。あ、茶道や仏像彫刻の名人もおりますな」

黒いバッグの中からカタログを出そうとする男を、アスミは必死で押しとどめた。

「ゆ、ゆっくり話している時間がないんです。さっさと商品を置いて帰ってください」

男は少し残念そうにカタログを閉じて言った。

「そうですか。では、私のほうでチョイスさせていただきます。あなたのご職業は？」

「……作家……です……」

思わず小声になる。ようやく依頼が来たというのに、スランプでまったく書けないのだ。締《し》め切《き》りは刻々《こくこく》と迫《せま》ってくる。アスミはヤケクソになって男に言った。

「それじゃ、小説が書ける守護霊をお願いします。できれば恋愛小説の」

「作家、作家。恋愛作家」

男はしばらく思案していたが、ポンと手を叩《たた》いて言った。

「うってつけの守護霊がおります」

一枚のうすっぺらいお札《ふだ》を出す。

「これを布に包んでハチマキのように頭に巻いてください。サービス期間ですので、一か月一万円で」

「なにそれ！　めっちゃボッてる！」

「この守護霊の力を借りて執筆すれば、本はまちがいなくベストセラーになりますよ」

男は自信たっぷりに言い切った。アスミの心がグラグラと揺《ゆ》れる。

「……お借りします……」

アスミは胡散臭《うさんくさ》いお札を受け取り、なけなしの一万円を支払った。

「ありがとうございます。守護霊のご利益がありますように」

男が出ていったあと、部屋に戻ったアスミは、半信半疑《はんしんはんぎ》でお札を頭に巻いてみた。

「こんなのでベストセラーが書けるほど、チョロい職業ならいいんだけどさ」

ところがである。ものの十分もしないうちに、アスミの体に執筆の情熱が湧《わ》き上《あ》がってきたのだ。何かにとりつかれたかのように、小説を書きたくてたまらない。

「ああ、パソコンなんてまどろっこしいもの、使ってられないわ！」

アスミはパソコンを放り出し、押し入れの中をひっくり返して『ある物』を探した。

「あった！　小学生の時、授業で使ってたやつ。これさえあれば……」


一か月後。とある出版社で、ひとりの編集者がため息をついていた。

「新田アスミか。こんなものを送りつけてくるなんて、何を考えているんだか」

机の上には、習字用の半紙に書かれた膨大《ぼうだい》な量の原稿が置いてある。縦書きの筆文字があまりにも達筆すぎて、何が書いてあるのかまったく読み取れなかった。

「これが、時代を越えた恋愛小説の最高傑作《けっさく》？　大ベストセラーまちがいなしだって？　やれやれ……。あの作家ももうおしまいだな」

編集者は机の横のゴミ箱に、紫式部《むらさきしきぶ》の新作小説を投げ入れた。

悪魔《あくま》？　それとも……

　塾帰りの夜道、足元に百円玉が転がってきた。拾い上げ、落とし主に渡そうとしたけれど、だれもいない。代わりに、ジュースの自動販売機が目に入った。

　へぇ、こんなところに。いつも通っている住宅街なのに、今まで気づかなかった。「ペットボトル百円均一《きんいつ》」って張《は》り紙《がみ》がしてある。ドリンクは一種類、青いボトルに緑の文字で「ワンチャンス」、それだけが並んでいる。見ているうちに、のどが渇いてきた。家はすぐそこだけれど、これが飲みたい。これでなくちゃダメだ。それに、ちょうど百円玉が手の中にある。きっと、受験勉強に励むぼくへの、ごほうびだ。

　出てきたボトルを、その場で開ける。ぷしゅ～。炭酸ガスと一緒に、青みを帯びた煙《けむり》が出てきた。と思う間に、煙は人の形になって、自動販売機の上に腰かけた。男だ。

もしかしたらこれは、おとぎ話によくある、あのパターンか。アラジンのランプ的な。

男の口が動き、木々のざわめきのような声が言った。

「お前の願いを、ひとつ、叶えてやろう」

やっぱり。でも、思っていたのとちょっとちがう。

「こういう場合、三つの願い、じゃないの？」

ぼくの疑問に、男はだるそうに答える。

「かつてはそうだったな。だが三つもあると、お前たちはムダづかいする。こちらもそろそろ疲れてきた。ムダに力を使いたくない。そういうわけで、ひとつだ。嫌なら、権利を次に来るやつにまわす」

あわてて首を横に振るぼくを見て、そいつは、ニヤリとする。

「よしよし。それでこそ、人間だ」

そういうこいつは、何者なんだろう。

「さぁ願うがいい。中学校合格か？」

うなずきかけて、あわてて首を止めた。中学校受験に願いを使ってしまうのはもったいない。どうせなら、東大合格を今から予約しておこうか。いやそれより、大会社の社長や大金持ちになれるよう頼んだほうがいいかな。もしかして、スポーツ選手や俳優にもなれちゃう？　ああ、バラ色の未来がよりどりみどり。すぐには選べない。

「あの、ちょっ……」

ちょっと待って、と言いかけて、そいつのうすら笑いに気づき、あわてて言葉をのんだ。待って、と口に出した途端《とたん》、それが「願い」として聞き届けられるっていうオチを、マンガで読んだことがある。危ない危ない、ここは、慎重《しんちょう》にならなきゃ。

ママに相談しようか。パパも、もう家に帰ってるだろうし。その角を曲がれば、すぐわが家《や》だ。そっちへ目をやったら、そいつが、鼻で笑った。

「お前の両親は、こういう不思議な話は信じない。むしろ、話せば叱《しか》られる。拾った金で怪しげなジュースを買って、寄り道したことをな」

ううう、その通りだ。そんなことまで知っているなんて、こいつはいったい……もしかして悪魔《あくま》？　そうだ、高校生の兄ちゃんなら、こういうことに詳しいかも。

また、そいつが笑った。

「願いごとはひとつきり。アニキに、取られてもいいのかな」

そうだった。おやつも子ども部屋も、何だっていつだって、いいほうを兄ちゃんが取る。このラッキーは、兄ちゃんには内緒《ないしょ》にしなきゃ。

そいつは満足そうにうなずくと、指を鳴らした。すると、ぼくの胸の前に、突然、本が現れた。宙に浮いている。

「受け取れ。お前は見どころのある子どもだ。特別な本を見せてやろう」

両手を出したら、その上にずしりと落ちた。重い。表紙には、「価値ある願いごとをするために」とある。

「われらと人間のつき合いは古い。物語や伝説としても残っている。それらを集めまとめたものだ」

けっこう、分厚《ぶあつ》い。読むのにどのくらいかかるだろう。読み終わるまでは、願いごとを待ってもらえるってことかな。と思ったのに、

「読む必要はない。四次元超リアル本だ。開いてみろ」

表紙を開けた途端、張りのある堂々とした声が響いた。

「われは、ソロモン王」

目の前に、男の後ろ姿が立ち現れた。肩幅が広く、大きな背中だ。白っぽい服を羽織《はお》り、足首まで垂らしている。男は背中を向けたまま、続けた。

「われは、大天使ミカエルに指輪を与えられた者なり。その指輪の力によって、天

使と悪魔を自在に行使したのだ」

「いいなぁ。天使と悪魔の両方を、何度でも好きなだけ、使ったってこと？　ぼくなんか、叶えてもらえるのは、たったひとつ」

思わずつぶやいたら、

「幸運にさえ不服をもらす、その欲深さよ。そうとも人間は欲深い。われでさえ、晩年は欲にまみれた。人間であるがゆえに……くくっ」

笑っているのか、泣いているのか、肩が震《ふる》えている。気味が悪くなって、ページをめくった。

次のページには、焚火《たきび》の跡《あと》のような、ススにまみれたかたまりがひとつ。そこから、くぐもった声が聞こえてきた。

「私はファウスト。悪魔と契約した錬金術師《れんきんじゅつし》。二十四年間、悪魔をこき使い、叶えた願いは数知れず」

やっぱり、あいつは悪魔なんだ。ぼくは言った。

「うらやましい。昔の悪魔は気前がよかったんだね」

「だが、願いごとが多ければ、代償《だいしょう》も大きくなる。私は肉体と魂《たましい》を差し出した。私の最期《さいご》は爆死《ばくし》、この身は八《や》つ裂《ざ》き、死後の魂は悪魔のもの。お前は何を求められた？」

「何も。契約なんてしてないし」

「それは、うらやましい。代償なしに願いが叶うとは、悪魔も甘くなったものだ。だが気をつけろ、やつらは足をすくうのが得意だ。大金を願ったらその本人の死亡保険金が同額だった、という話もある。よくよく考えて、願いを口にしろ」

ススのかたまりが、うごめく。何かの形になりかけて崩《くず》れ、また起き上がってくる。

「せっかくだ、私のおどろおどろしい今の姿を、お前に見せてやろう」

「ひっ、結構ですっ」

あわてて、ページをめくった。

今度は、じいさんとばあさんが、取っ組み合いのけんかをしていた。ばあさんの頭にはツノがある。ふたりは、相手の髪をつかんだまま、こっちを見た。

「わしらは、日本昔話の金持ちじいとばばあ。願いの叶う玉を三つ、手に入れた」

「着物百枚を願い、米の詰《つ》まった蔵《くら》を願い、最後の玉を取り合ってけんかじゃ。『鬼《おに》ばばめ、ツノでも生やして鬼になれ』とじじいが言うたおかげで、この有り様」

「ところで、小僧《こぞう》、お前、願いの叶う玉を持っているのではないか」

「いい子だねぇ。あたしのツノを消しておくれ」

「いやいやそれより、きれいで優しいかかあと替えてくれ」

「おのれ、じじいっ」

ふたりがまたけんかを始めたので、ぼくはため息をつきながらページをめくった。

「よう来た、よう来た」

次も日本昔話の人たちだ。つぎはぎの当たった着物の老夫婦、その後ろでは若夫婦が幼い子と赤ちゃんをあやしている。ばあさんとじいさんが、にこにこと話し出した。

「あたしらが先に、旅の坊《ぼう》さんから、願いが叶う玉を三つ、もらってねぇ」

「わしと息子と嫁《よめ》の三人が玉を握《にぎ》って、三人ともが『家族みんなが達者で暮らせますように』と願ったんじゃ」

「おかげで、あたしらは、貧しくともみんな達者で、仲よう、幸せなことよ」

ばあさんの言葉に、家族全員うなずいている。

「ぼくの願いを叶えるのは悪魔、お坊さんの玉とはちがう」

「同じじゃ。人知を超《こ》えた大きな力、大きな存在。元はひとつじゃ」

「そうとも、じいさまの言う通り。ええか、みんなの幸せを願うのがコツじゃぞ」

けど、幸せって、人が思うのと自分が思うのと、ちがう。「この塾に入れたきみたちは幸せですよ」って言われても、全然そう思えなかったように。

また、ため息をついたら、その拍子に手から本が滑《すべ》り落ち、地面に着く前に消えた。そして、あいつが言った。

「さぁ、願うがいい。夜が明ける前に」

えっ？　もうそんな時間？　まずいよ、ママやパパになんて説明しよう。ああ、悩む。

その時、ひらめいた。すべての人のためになって、目の前の問題も解決して、さらにぼくの未来もすてきにする願いごとを。ぼくはそれを、口にした。

「すべての人間から、この先、ずっと、悩みがなくなりますように」

そいつは目を見開き、それから今までとはちがう、晴々とした笑顔になった。

「聞き届けた」


ちゃぷん。

みずのなかをただよっている。うみだ。ぼくは、くらげになっていた。なぜ？

「くらげには脳がない。ゆえに、悩みようがない」

あいつのこえだ。

ちゃぷ、ちゃぷん。

まわりにも、くらげがいっぱい。もしかして、にんげんがみんな、くらげになった？　ちゃぷぅん。

なみにゆられ、あたまのなかがゆるゆる、とけていくかんじ。そっか……もう……なにも……かんがえなくて……いいんだ。

……こえが……きこえる。いみは……もう……わからない。

「やっと、はたせそうだ。『生命あふれる美しい星にせよ』という神からの使命を。おい少年、お前——いや、きみは、この地球を救ったヒーローだ」

……？

ちゃぷん。

ゴン太とおじいさん

「全速力で行くからね」

妹のアヤは幼稚園の年長さん。昨日初めて補助輪《ほじょりん》なしで自転車に乗れた彼女は、朝六時からハイテンションだ。中一の私とは七つ離れていて、今日から一時間早く起きて、近所の大きな公園で自転車の練習をすることになった。

「ちょ、ちょっと待ってよ」

私は体育が苦手だから、部活も文化系だ。どたどたと音が出そうな走りでアヤを追いかける。そんな私たちの横を、犬の散歩中のおばさんや、ジョギングするおじさんたちがすれちがっていく。みんな気持ちよさそうだった。

「お散歩してるワンちゃん、多いね」

動物が好きなアヤは、すれちがう犬たちをニコニコして見ている。うちはペット禁止のマンションなので、犬や猫《ねこ》を飼《か》っている友だちがうらやましい、ってよく言っている。

しばらく走ると、公園の池の前で、前を走るアヤの自転車が止まった。左にカーブを描く道の先に、ゴールデンレトリーバーがいる。金色のふさふさ。やってきた大きな犬は朝日に輝いて見えた。

アヤが止まっていたところまで近づくと、その先の道が昨日の雨でぬかるみ、道幅がせまくなっていた。このまま進むとゴールデンレトリーバーとすれちがう時にぶつかってしまうので、道をゆずろうと考えたのだろう。

犬が近づいてくると、それまで意識していなかった飼い主のおじいさんの存在に気がついた。白髪《はくはつ》のオールバック、しわしわの顔、グレーのポロシャツと長ズボン。身長はうちのお父さんと同じくらい。体は細く、ピンと背筋《せすじ》を伸ばした姿は厳しそうな性格を表しているみたいで、近寄りがたい雰囲気《ふんいき》だ。七十歳くらいかな。

犬とおじいさんが近づいてくる。犬は赤いバンダナを首に巻いていて、立ち止まった私たちを見ていた。

でも、おじいさんは、私たちを無視して通《とお》り過《す》ぎていった。犬はアヤを見上げ、すれちがったあとも振り返っていたのに、飼い主のおじいさんは道をゆずった私たちにお礼はおろか、何の反応も示さずに行ってしまったのだ。失礼な人だなと思った。

その後、ゴールデンレトリーバーとおじいさんには毎朝会う。けれど、おじいさんは初めて会った時からまったく同じで、表情を変えず、ずっと前を見たまま歩いていた。

この人は、意識して私たちを無視しているにちがいないと思った。奥さんと思われるおばあさんが一緒に歩いていることもたまにあった。

そんな朝の日課をくり返しているうちに、自転車が上手になったアヤは余裕ができたのだろう、ある日、

「ワンちゃん、おはよう」

と、ハンドルから右手を離し、おじいさんの犬にその手を振ったのだ。

おじいさんはアヤのあいさつを聞いていなかったかのように、いつも通りの無表情。ところがいつもとちがうことに興奮して、犬がアヤに向かって飛びつこうとしたのだ。

「あっ！」

おどろいたアヤはバランスを崩し、自転車ごと倒れてしまった。

何が起こったかわからない顔をしていたアヤは急に怖くなったのだろう。声は出さなかったけれど、涙と鼻水が流れ出す。犬は、「クーン、クーン」と鼻を高く鳴らしてアヤに近づき、手をなめ始めた。自分の失敗を謝っているようだった。

「優しいのね、ありがとう」

アヤは犬に顔を近づけて笑った。一気に距離が近づいてうれしかったようだ。

犬のことを知りたくなったのだろう。毛をなでながらおじいさんを見上げて言った。

「お名前は、なんていうの？」

アヤの視線に気づいたおじいさんは、この時初めて表情が動いた。

目を細めて口の端《はし》っこを引きつらせる。一瞬だけ、ぎこちなく笑ったのだ。

「……ゴン太」

初めて聞いた声は、しわがれていて、低くて、おなかから出たような落ち着きのある声だった。それにしてもさっきの笑顔。おじいさんにこんな表情もあったんだ。

「ゴン太、あなたゴン太っていうのね。ゴン太、ゴン太」

無邪気《むじゃき》に呼びかけるアヤに、ゴン太はとまどったような顔で飼い主を見上げた。

おじいさんも、何と言っていいかわからないようで、しぶい顔をしている。怒られないと思ったのか、ゴン太はアヤが呼びかけると尻尾《しっぽ》を振り、じゃれついてきた。ゴン太かぁ、いかにもおじいさんがつけそうな古風な名前だな。

「ゴン太、ゴン太、かわいいね」

アヤの呼びかけに応えてじゃれつくゴン太だったが、おじいさんがリードをぐっと引き寄せると、散歩中であることを思い出して歩き出した。

「バイバイ、ゴン太、またね」

呼びかけるアヤの声に、ゴン太は何度も振《ふ》り返《かえ》りながら去っていった。

その後も、毎朝同じ時間、同じ場所でゴン太とおじいさんに会ったけれど、アヤの呼びかけにゴン太は尻尾で応え、おじいさんは相変わらずの無表情で通《とお》り過《す》ぎていく。

ところが、ある時から彼らにまったく会わなくなってしまった。

しばらくたって、いつものように池をまわっていると、ひとりさびしげにベンチに座っている人がいた。たまにゴン太とおじいさんと一緒にいた、おばあさんだった。

キッとブレーキ音を立てて、アヤが自転車を止めた。

「おばあちゃん、ゴン太の家のおばあちゃんよねっ」

アヤの必死な訴《うった》えに、おばあさんは目を丸くしている。いきなり飼《か》い犬《いぬ》の名前を出され、おどろいている感じだった。

「毎朝、私、この公園でゴン太と会ってたのっ。でもゴン太、来なくなっちゃったよね。どうしてなのっ？」

ああ、とおばあさんは呼ばれた意味を理解したようで、表情をゆるめた。

「ゴン太はね。お散歩中に、車にひかれて死んでしまったの」

「そう、なんだ」

アヤの声が小さくなる。後ろから見ていた私は表情を見ることができなかったが、ゆっくりと下がっていく両肩《りょうかた》だけで、その気持ちがわかった。

散歩の時、ということは、おじいさんの目の前でゴン太は車道に飛び出し、ひかれてしまったのだろう。おじいさんはショックで散歩もできなくなったのかもしれない。

ところが数日後。学校から帰ってきた私に、飛びつくようにアヤが訴《うった》えたのだ。

「私見たのっ、ゴン太とおじいちゃんが、お散歩してたのっ」

「でも、ゴン太は車にひかれて」

「お姉ちゃんも信じてくれないの？　私、見たんだからっ。あれはぜったいにゴン太だもん。赤いバンダナをしてたし、おじいちゃんだっていたもん」

夕方、お母さんと自転車に乗っていた時に見たという。

アヤの主張は必死そのもので、嘘を言っているとは思えなかったけど。

「おじいちゃんちに新しいワンちゃんが来たんじゃないかな」

愛犬を失った悲しみから、おじいさんはようやく立ち直ったのだろう。

「ちがうもん。私がゴン太って呼んだら、ゴン太、尻尾を振って喜んでたもん。ゴン太、私だって、わかってくれたもん」

うーん、とうなってしまう。ひょっとするとおじいさんは、私たちを嫌って散歩コースと時間を変え、その話を聞いていたおばあさんは言いわけを用意していたとか。

だとしたらゴン太が生きていることも納得できそうだ。でも、そこまでするかな。

「ねえアヤ。だったら明日は土曜日だから、今日と同じ時間に、ゴン太とおじいちゃんに会った場所に行ってみよう。また会えるかもしれないから」

翌日の夕方。

「お姉ちゃんっ、あそこっ」

アヤの小さな指が示す先に、逆光でくっきり浮かび上がった細い人と、尻尾を高く上げた大型犬の姿がある。

「ゴン太よっ。おじいちゃんもいる。急いでっ」

ふたつの影《かげ》が次第に大きくなる。うん、たしかにあれは公園で見た姿だ。

「ゴン太ぁ！」と叫ぶアヤの声に、その人は振り返る。

「父の、お知り合いですか」

後ろ姿も、顔も、おじいさんにそっくりだったけど、その人は、うちのお父さんと同い年くらいのおじさんだった。アヤがおじいさんと見まちがえても不思議ではない。

「昨日もここで、ゴン太〜、と私の父の名前が呼ばれたので、あれっ、と思ったのですが、父は先日、交通事故で亡《な》くなりまして」

アヤが「ゴン太と呼んでいた犬」は、本名は「マックス」という七歳のオス犬だった。再会がうれしくて、アヤにじゃれついている。

私がこれまでのことを話すと、そうでしたか、と息子さんはうなずいている。

「どうしておじいさんは、自分の名前とまちがえていると言わなかったのでしょうか」

息子さんは、うーんと夕日に目を細めて考えたあと「たぶんですが」と答える。

「父はかなり頑固《がんこ》で、プライドも高かったので、まちがいを指摘されても曲げなかったんです。最近は認知症《にんちしょう》が進んでいて、母も私も苦労していました」

それでアヤの突然の問いかけに自分の名前を答えてしまい、そのままだったんだ。

「あと、これもおそらくですが」

と、じゃれあうマックスとアヤを見ている。

「私には姉がいたんですが、私が生まれる前に交通事故で亡くなったんです。妹さんくらいの時に、父と自転車で散歩をしている最中に車にはねられて。なので父は、小さな女の子が自転車に乗っている姿を見るのがつらかったようです。でも、散歩のたびに自分の名前を呼ばれて、本当はうれしかったんじゃないかと」

「そうだったんですか」

おじいさんの名前は正岡権太《まさおかごんた》だそうだ。

あの日一瞬だけ見せた笑顔を、私は思い出していた。

さすらうページ

知ってる？「さすらうページ」の噂《うわさ》。
どの本にまぎれ込んでいるのか、わからない。どんな本にでも、まぎれ込める。
そんなページ。
読むと、人が変わっちゃうらしいよ。
感動して人が変わるほど、すばらしいことが書いてあるのかって？　まぁ、そう
いうことにしておいてもいいけど。
ふふふ、ほんとうのこと、教えてほしい？
話してあげてもいいよ。あなたにならね。うん、本を読む人だから。
それは、呪《のろ》いのページなの。
読んでもらえなかった本の、登場人物たちの呪い。

あなたの部屋にもあるでしょ、ほこりをかぶったまま、忘れられちゃった本。本棚のすみっこでマンガの下敷《したじ》きになってたり、押し入れの段ボール箱の中とか。部屋になかったとしても、本屋さんに行けば、買ってもらえず、読まれることもなく泣いている本がたくさんあるわ。

そんなふうに、読んでもらえないまま忘れ去られ、消えていく本の登場人物たちの無念が怨念《おんねん》となって、さすらうページを生み出したの。

おもしろくないのが悪いんだからしかたない、ですって？　ひどーい。呪いが強くなっても知らないから。

どうなるのかって？

乗り移られちゃうの。そのページにこもる怨念に。そうそう、体を乗っ取られるってことよ。

ふふ、見た目は変わらないの。けれど、キャラや人生が変わる。

たとえば主人公の友人Aに乗っ取られたなら、その後の人生、ずっと脇役《わきやく》。性格はいいのに、いつもだれかの引き立て役。ライバル役に乗っ取られたなら、いつもだれかと張り合って勝ち負けにこだわる。そのくせ、決していちばんには、なれない。

あなたのまわりにも、そういう人、いるでしょ。信じられない？　あら、頭が固いのね。証拠を見せろ？　そうねぇ、見せてあげてもいいけど、もうちょっと待って。

どうやって、乗り移るのか、話してあげるから。

そのページを読んでいる目から、侵入《しんにゅう》するの。まずは目の表面にヒタンと張りついて、まばたきで目玉の後ろ側にグルンとまわり込む。そして脳《のう》へヌラヌラと染《し》み込《こ》むの。脳みそが体の司令塔《しれいとう》だもの。てっとり早くて、体にダメージを与えない方法よ。

ヒタン、グルン、ヌラヌラ。まばたきのたびに少しずつ。

ヒタン、グルン、ヌラヌラ。痛くもかゆくもないから、気づかない。

ヒタン、グルン、ヌラヌラ。ふふふ、あと、もう少し。

脳みそ全体に染み込んだら、決めの言葉で、引導《いんどう》を渡《わた》す。ふふ、区切りくらいは、つけてあげる。乗り移られたことも気づかず消えてしまうなんて、かわいそうだもの。同情するだけで、中止にはしないけれどね。

なんだか、目が乾燥する？　そう、それが唯一《ゆいいつ》の自覚症状。目の粘膜《ねんまく》に引っついたり離れたりをくり返すから、どうしてもね。

あ、今、逃げようとしたでしょ。でも、もう、遅い。あなた、ここまで、読んじゃったもの。あなたの体はもう、わたしのもの。

そう、ここが、〈さすらうページ〉。わたしは、読まれないまま消えた本の、主人公。あなた、運がいいわ。これからは波乱万丈《はらんばんじょう》、感動的な人生よ。まぁ、あなたは消えちゃうわけだから、体験できないんだけどね。体は大切に使うから安心して。

じゃ、決めさせてもらうね。読んでくれてありがとう。

「The《ジ》 End《エンド》」

本書は、PHP研究所より発刊された
「ラストで君は『まさか!』と言う」シリーズの一部を改変、
再編集し、新たに書き下ろしを加えたものです。

著者紹介

桐谷　直（きりたに　なお）

新潟県出身。著書に『願いを叶える雑貨店　黄昏堂』『願いを叶える雑貨店　黄昏堂②　真鍮の鳥』『女子力アップ♡キラキラハッピーストーリー』（以上、PHP研究所）などがある。

ささきかつお

東京都出身。『モツ焼きウォーズ～立花屋の逆襲～』（ポプラ社）で2016年にデビュー。著書に『空き店舗（幽霊つき）あります』（幻冬舎文庫）、『Q部あるいはCUBEの始動』『Q部あるいはCUBEの展開』（以上、PHP研究所）などがある。

染谷果子（そめや　かこ）

和歌山県出身。著書に『あわい』『ときじくもち』「あやしの保健室」シリーズ（以上、小峰書店）、5分間ノンストップショートストーリー『リバース　逆転、裏切り、予想外の「もうひとつの物語」』（PHP研究所）などがある。

たかはしみか

秋田県出身。小中学生向けの物語を中心に、幅広く活躍中。著書に「もちもちぱんだ　もちっとストーリーブック」シリーズ、「ピーナッツストーリーズ」シリーズ（以上、学研プラス）などがある。

萩原弓佳（はぎわら　ゆか）

大阪府出身。2016年『せなかのともだち』（PHP研究所）でデビュー、同作で第28回ひろすけ童話賞受賞。他に『しんぶんのタバー』『魔法の国の謎とき屋』（以上、PHP研究所）、『食虫植物ジャングル』（文研出版）がある。日本児童文芸家協会会員。

装丁・本文デザイン・DTP　根本綾子（Karon）
カバーイラスト　吉田ヨシツギ
編集協力　株式会社童夢

PHP文芸文庫　ラストで君は「まさか!」と言う　傑作選
トパーズの誘惑

2021年11月18日　第１版第１刷発行

編　者　ＰＨＰ研究所
発行者　永田貴之
発行所　株式会社ＰＨＰ研究所
東京本部　〒135-8137　江東区豊洲5-6-52
第三制作部　TEL 03-3520-9620（編集）
普及部　TEL 03-3520-9630（販売）
京都本部　〒601-8411　京都市南区西九条北ノ内町11
PHP INTERFACE https://www.php.co.jp/
印刷所　図書印刷株式会社
製本所　東京美術紙工協業組合

ISBN978-4-569-90171-8